笛藤出版

Mes débuts en français

大場靜枝・佐藤淳一・柴田茉莉子／著
陳琇琳／譯

Se Détendre !

前言

《今天開始學法語：學文法必上的58堂課Début!》是一本專為法語初學者所設計的參考書。為了讓學習者確實學會基礎法語，本書在編排上所追求的目標，就是以簡潔、易懂的方式循序漸進地介紹給讀者，希望本書能為愈來愈多人開啟學習法語的大門。

首先，請先翻閱一下本書，你會發現每一課所教的內容只有一個重點（一個規則），每一課也介紹單字的唸法、型態的變化、語詞的順序等基本法語常識。此外，重點的部分會用大字＋短句來提醒學習者。配合MEMO紙裡的公式規則，一目瞭然，簡潔易懂。

另外，為了提升讀者的學習效率，本書附有單字表與MP3，書後的單字表收錄了本書中出現過的所有字彙，程度相當於法語檢定文憑考試DELF A1。我們也請到了常參與法語講座及電影、電視演出的Vincent GIRY先生來擔任錄音的工作。本書所附的MP3，就算不搭配書籍也可以單獨使用，歡迎您隨時隨地反覆聆聽，增強實力。

本書前幾頁以及課程與課程間，會插入一些關於法語或法國文化的相關說明及彩圖，讓讀者在學習法語之餘，可以擴大對法國的憧憬，進而對法國有更進一步的認識。

那麼，已站在學習法語舞台前方的你，沒什麼好猶豫了，快快跟著本書一起飛向初學法語的美好世界吧！

作者群

目 次 Table des matières

單字表 vocabulaire français-chinois

本書的使用說明

本書是為初學法語的學習者所設計的入門參考書。所附的MP3有中文配音，您除了可以搭配書籍學習發音之外，也可以單獨使用MP3（練習發音）。在家時可同時使用書籍與MP3，而外出時就單獨聆聽MP3，讓耳朵漸漸適應法語。

本課要學習的文法項目。

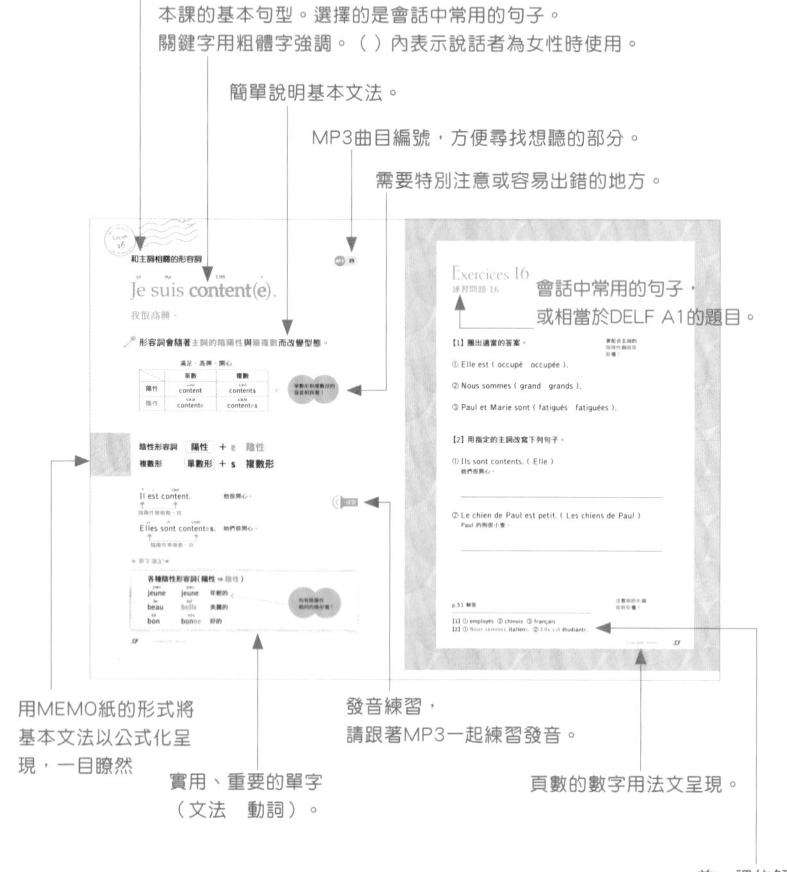

Tableaux de Paris

巴黎風光

Expressions utiles

實用表達句——到法國說說看！

02

招呼語

bɔ̃ʒur
Bonjour. 日安，你好。

bɔ̃swar
Bonsoir. 晚安。

bɔn ʒurne
Bonne journée. 祝您有個美好的一天！

bɔn sware
Bonne soirée. 祝您有個美好的夜晚！

o rəvwar
Au revoir. 再見。

bɔn nɥi
Bonne nuit. 晚安。

kɔmɑ̃ tale vu
Comment allez-vous? 您好嗎？

ʒə vɛ bjɛ̃ mɛrsi
–Je vais bien, merci. 我很好，謝謝。

感謝語

mɛrsi
Merci. 謝謝。

mɛrsi boku
Merci beaucoup. 多謝。

sɛ trɛ ʒɑ̃ti
C'est très gentil. 您真好。

ʒə vu zɑ̃ pri
Je vous en prie. 不客氣。

də rjɛ̃
De rien. 沒什麼。

道歉語

pardɔ̃
Pardon. 抱歉，不好意思。

ɛkskyzemwa
Excusez-moi. 對不起。

sə nɛ rjɛ̃
Ce n'est rien. 這沒什麼。

pa də prɔblɛm
Pas de problème. 沒問題！

告知名字

kɔmɑ̃ vu zapəle vu
Comment vous appelez-vous? 您叫什麼名字？

ʒə mapɛl
–Je m'appelle... (名・姓)・我的名字叫～。

問路

法文	發音	中文
Pour aller à...（地點）, s'il vous plaît.	pur ale a ... sil vu plɛ	請告訴我如何去～。
Où est...?	u ɛ	～在哪裡？
–Allez tout droit.	ale tu drwa	請直走。
–Tournez à gauche (à droite).	turne a goʃ a drwat	請往左(右)轉。

在店裡

法文	發音	中文
Qu'est-ce que vous désirez?	kɛ s kə vu dezire	請問您要買什麼呢？
– ...（物品）, s'il vous plaît .	sil vu plɛ	請給我～。
C'est combien?	sɛ kɔ̃bjɛ̃	多少錢？
– ...（數字）euro(s), s'il vous plaît.	øro sil vu plɛ	請給我～歐元。
L'addition, s'il vous plaît.	ladisjɔ̃ sil vu plɛ	(在餐廳)請幫我們結帳。
Un paquet-cadeau, s'il vous plaît.	œ̃ pakɛkado sil vu plɛ	(在店裡) 請幫我們包裝起來。

其他

法文	發音	中文	法文	發音	中文
Ça va?	sa va	你還好嗎？	**–Oui, ça va.**	wi sa va	我不要緊。
D'accord?	dakɔr	好嗎？	**–Oui, d'accord.**	wi dakɔr	好的。
Bon appétit!	bɔ̃ napeti	用餐愉快！(祝你胃口大開！)	**–Merci.**	mɛrsi	謝謝！

Les quatre saisons de Paris
巴黎的四季

Le printemps
lə prɛ̃tɑ̃
春

1

2

3

4

5

1 五月裡販售鈴蘭花的少女
2 巧克力專賣店裡的復活節蛋
3 春天時花店色彩更加華麗繽紛
4 巴葛蒂爾公園裡的玫瑰園滿開的盛況
5 巴黎人也很習慣五月的示威活動

1 盧森堡公園內有許多雕像
2 夏至限定的音樂節(Fête de la musique)
3 塞納河畔的人造海灘(Paris Plages)
4 在夏季限定的人造海灘上玩樂
5 充分享受夏季日曬的巴黎人

1

3

2

4

5

L'été
lete
夏

1

2

L'automne

lotɔn

秋

3

4

5

1 盧森堡公園內的小馬騎乘場
2 秋天的特產─牛肝菌菇
3 巴黎的秋天是戀人們的季節
4 聚集在蒙馬特的藝術家們
5 11月是薄酒萊上市的季節

L'hiver

liver

1 市政府前冬季限定的溜冰廣場
2 嚐嚐道地的聖誕樹輪蛋糕如何？
3 冬夜的艾菲爾鐵塔點滿了璀璨的燈光
4 巴黎下雪了？只是冬季擺放的裝飾啦。
5 小心！聖誕老人！

1

2

4

5

La promenade à Paris 漫步巴黎

Le café & le restaurant
咖啡廳與餐館

I

2

3

4

5

6

La ville
街景

7

8

10

1 一邊喝著雞尾酒，享受與朋友聊不完的八卦。
2 1830年創立的熟食老店，賣的是招牌前菜。
3 選擇「面向街道的座位」，才是巴黎人的作風。
4 浮日廣場(Place des Vosges)的老酒館。
5 香榭大道的百年糕點老店Ladurée。
6 小心腳踏車小偷！
7 在戶外玩起西洋棋的店家老闆們。
8 17區是閑靜的住宅區。
9 蒙馬特的山丘到處都是階梯。
10 綠藤蔓與石板路的街景。

Le marché & le magasin

市場與店家

11

12

13

14

15

11 大量販售的白蘆筍與草莓。
12 白蘆筍與朝鮮薊盛產的5月。
13 跳蚤市場的警官玩偶有著溫柔的表情。
14 磨坊的水車和風車出現在麵包店門口。
15 剛出爐的天然酵母可頌麵包。

alfabɛ
Alphabet
字母

法文中Alphabet的發音是[alfabɛ]哦！

法文和英文一樣使用26個字母

母音字	子音字				
a A a	be B b	se C c	de D d		
ə E e	ɛf F f	ʒe G g	aʃ H h		
i I i	ʒi J j	ka K k	ɛl L l	ɛm M m	ɛn N n
o O o	pe P p	ky Q q	ɛr R r	ɛs S s	te T t
y U u	ve V v	dubləve W w	iks X x		
igrɛk Y y	zɛd Z z				

G和J的唸法剛好與英文相反

加上變音符號的字母

e é	:	kafe café	咖啡，咖啡廳
a ɛ u à è ù	:	ʃu a la krɛm chou à la crème	泡芙
a ɛ i o y â ê î ô û	:	otɛl hôtel	旅館
ɛ i y ë ï ü	:	nɔɛl Noël	聖誕節
s ç	:	garsɔ̃ garçon	男孩

【1】寫出自己的英文名字，並唸唸看。

例：

ɛr	i	ɛn	a		ɛs	aʃ	i	be	a	te	a
R	i	n	a		S	H	I	B	A	T	A

____

名字的拼法，通常姓的部分全用大寫，而名的部分只要字首大寫即可。

【2】寫出6個母音字母的大小寫。

大寫（　　　）（　　　）（　　　）（　　　）（　　　）（　　　）

小寫（　　　）（　　　）（　　　）（　　　）（　　　）（　　　）

【3】請寫出以下省略字的讀音。

例：RATP　巴黎大眾運輸公司

① TGV (Train à grande vitesse)　法國高速火車

____

② BD (bande dessinée)　漫畫

____

③ SNCF (Société nationale des chemins de fer français)　法國國鐵

____

④ UE (Union européenne)　歐盟（EU）

____

dø kafe sil vu plɛ

Deux cafés, s'il vous plaît.

請給我兩杯咖啡。

法文的名詞分為陽性名詞與陰性名詞。

陽性名詞

ɔm homme 男人	krwasɑ̃ croissant 可頌麵包	livr livre 書

陰性名詞

fam femme 女人	bagɛt baguette 法式長棍麵包	rəvy revue 雜誌

名詞也分為單數形與**複數形**。

單數形變成複數形的方法

單數 ＋ s ⇒ 複數

單數形與複數形的發音一樣喔！

單數形	ɔm homme	fam femme	livr ivre
複數形	ɔm homme**s**	fam femme**s**	livr ivre**s**

有些單字的單數形與複數形是一樣的！

各種複數形(單數⇒**複數**)

gɑto gâteau ⇒ gɑto gâteau**x** 蛋糕，糕點　　pri prix ⇒ pri prix 價格

bys bus ⇒ bys bus 巴士

【1】請參考書後的單字表（p.143～），分辨名詞為陽性或陰性。

mouchoir　père　télévision　mère

clef　salade　portable　chien

陽性名詞（　　　　　　　　　　　　　　　　　　）

陰性名詞（　　　　　　　　　　　　　　　　　　）

【2】將單數形改為複數形，複數形改為單數形。

① maison　→（　　　　　　　　　　）

② restaurants　→（　　　　　　　　　　）

③ hôtel　→（　　　　　　　　　　）

加了什麼會變成
複數形呢？

p.19 解答

【2】大寫 (A) (E) (I) (O) (U) (Y)
小寫 (a) (e) (i) (o) (u) (y)

【3】① [teʒeve]　② [bede]　③ [ɛsɛnseɛf]　④ [yə]

發音規則 I

發音規則 II p.28，發音規則 III p.36，發音規則 IV p.44

06

bɔ̃ʒur
Bonjour,

kɔmɑ̃ tale vu
comment allez-vous ?

您好嗎？

拼字與發音

＊單字的**最後一個子音**不發音。例：grand [grɑ̃] 大的

但是，以**c**, **r**, **f**, **l** 結尾的字大多要發音。例：avec [avɛk] 與～一起

＊**字尾的e**不發音。例：amie [ami] 女友們

＊**h**不發音。例：hôtel [otɛl] 旅館

＊**複數形的s**不發音。例：leçons [ləsɔ̃] 課程

用英文的careful當作口訣記起來吧！

連音（liaison）

字尾不發音的子音，和後面以母音或h開頭的字連在一起發音。

例：C'est un ... [sɛ tœ̃] 這是～。　　des hommes [de zɔm] 男人

s用z的音直接連著下一個音唸

滑音（enchaînement）

字尾要發音的子音（子音字＋e），和後面以母音或h開頭的字連在一起發音。

例：Il est ... [il ɛ] 他是～。　　une amie [yn nami] 女生朋友

07

【1】寫出下列單字的音標。

①（　　　　　　　　　）　②（　　　　　　　　　）

sac 皮包　　avions 飛機

③（　　　　　　　　　）　④（　　　　　　　　　）

mer 海　　lit 床

【2】寫出以下句子的音標，並標示出連音和滑音。

①（　　　　　　　　　　　　　）這是旅館。

C'est un hôtel.

②（　　　　　　　　　　　　　）他在巴黎。

Il est à Paris.

p.21 解答

【1】陽性名詞（ mouchoir père portable chien ）
　　陰性名詞（ télévision mère clef salade ）
【2】① maison ② restaurant ③ hôtel

複數形一般
以 結尾

表示職業的名詞

mɛrsi　　　　　　　　laʒɑ̃
Merci, monsieur l'agent.

謝謝你，警察先生。

表示職業的名詞，其陰陽性是依據主詞的性別而定，型態上也有變化。

陰性名詞的變法

陽性名詞 ＋ e ⇒ 陰性名詞

	學生	公司職員
陽性名詞	etydjɑ̃ étudiant	ɑ̃plwaje employé
陰性名詞	etydjɑ̃t étudiante	ɑ̃plwaje employee

較特別的陰性名詞

陽性字尾 ⇒ 陰性字尾

er ⇒ ère	（例）pâtissier (pɑtisje) ⇒ pâtissière (pɑtisjɛr)	糕點師傅
en ⇒ enne	（例）musicien (myzisjɛ̃) ⇒ musicienne (myzisjɛn)	音樂家
eur ⇒ euse	（例）chanteur (ʃɑ̃tœr) ⇒ chanteuse (ʃɑ̃tøz)	歌手

➤單字筆記≪

不管男女都使用一樣的型態喔！

男女通用的職業名

ʒurnalist journaliste	新聞記者	prɔfesœr professeur	教師
medsɛ̃ médecin	醫生	aʒɑ̃ də pɔlis agent de police	警官

【1】寫出法文的職業名稱。

也有較特別的
陰性名詞喔！

	陽性	陰性
① 學生	( )	( )
② 新聞記者	( )	( )
③ 歌手	( )	( )

【2】將陽性名詞改為陰性名詞，陰性名詞改為陽性名詞。

① musicienne →(　　　　　　　　　　)

② pâtissier →(　　　　　　　　　　)

p.23 解答

【1】① [sak] ② [avjɔ̃] ③ [mɛr] ④ [li]

【2】① C'est un hôtel. (sɛ tœ̃ notɛl) ② Il est à Paris. (il ɛ ta pari)

表示國籍的名詞

 09

sɛ tœ̃ tyn ʒapɔnɛ z

C'est un(une) Japonais(e).

他(她)是日本人。

表示國籍的名詞，其陰陽性是依據主詞的性別而定，型態上也有變化。

陰性名詞的變法

陽性名詞 ＋ e ⇒ 陰性名詞

和表示職業的名詞(p. 24)是一樣的喔！

德國人

	單數	**複數**
陽性	almɑ̃ Allemand	almɑ̃ Allemand**s**
陰性	almɑ̃d Allemande	almɑ̃d Allemande**s**

單數形與複數形發音相同喔！

日本人

	單數	**複數**
陽性	ʒapɔnɛ Japonais	ʒapɔnɛ Japonais
陰性	ʒapɔnɛz Japonaise	ʒapɔnɛz Japonaise**s**

⚠ 注意！原本就以s結尾的名詞，其複數形不變。

Exercices 6

注意其中還有複數形喔！

【1】辨別以下表國籍的名詞為陰性或陽性。

Américaines　　Françaises　　Canadien

Allemande　　Japonais　　Espagnols

陽性 (　　　　　　　　　　　　　　　　)

陰性 (　　　　　　　　　　　　　　　　)

【2】將複數形改為單數形。

注意複數形也有各種型態喔！

① Anglaises → (　　　　　　　　　　)

② Japonais → (　　　　　　　　　　)

③ Allemands → (　　　　　　　　　　)

也有
的職業名
稱喔！

p.25 解答

【1】① étudiant, étudiant　② journaliste, journaliste　③ chanteur, chant
【2】① musicien　② pâtissi

發音規則 II

發音規則 I p.22，發音規則 III p.36，發音規則 IV p.44 10

saly sa va
Salut, ça va ?

嗨，你好嗎？

單母音字的讀法

字母	發音	例字
a à â	[a]	avion [avjɔ̃] 飛機　là [la] 那裡　âge [ɑʒ] 年齡
e（字尾）	不發音	pluie [plɥi] 雨
e（＋1個子音字＋母音字）	[ə]	petit [pəti] 小的
e（除了上述兩種之外）	[ɛ]	billet [bijɛ] 車票
é	[e]	élève [elɛv] 學生
è ê ë	[ɛ]	fête [fɛt] 節慶　Noël [nɔɛl] 聖誕節
i î ï y	[i]	film [film] 電影　île [il] 島嶼
		maïs [mais] 玉米　stylo [stilo] 筆
o ô	[o,ɔ]	radio [radio] 收音機　allô [alo] 喂
u û	[y]	bus [bys] 巴士　sûr [syr] 確實的

除了é，母音字e上面有加變音符號的發音皆為[ɛ]

si的合併音只有s'il(s)的型態喔！

合併音 élision（省略母音字）

je [ʒə], ne [nə], le [lə], la [la], de [də], que [kə], ce [sə], me [mə], te [tə], se [sə], si [si] 如果後面接的是母音或h開頭的字，要將語尾的e, a, i變成省略符號 '（apostrophe [apɔstrɔf]），將兩個字連在一起發音。

例：Je aime ... → J'aime [ʒɛm] ... 我喜歡～。

【1】將劃線部分發音相同的相連。

① Noël　　　　allô

② radio　　　　île

③ stylo　　　　leçon

④ petit　　　　fête

【2】將2 字合併後寫上音標。

或
要合併發
音喔！

		合併音	發音
例：je habite	→	j'habite	ʒabit
① le homme	→	(	)( )
② la enfant	→	(	)( )
③ ce est	→	(	)( )

p.27 解答

【1】陽性（Canadien　Japonais　Espagnols）
陰性（Américaines　Françaises　Allemande）

【2】① Anglaise　② Japonais　③ Allemand

不定冠詞

MP3 12

vwala œ̃ rɛstɔrɑ̃
Voilà un restaurant.

那裡有餐廳。

不定冠詞，置於可數名詞之前，表示「某個～」、「數個～」的意思。

	單數形	**複數形**
陽性名詞之前	œ̃ **un**	de **des** ....
陰性名詞之前	yn **une**	

陰陽性的複數形都用des喔！

〈單數形〉 **〈複數形〉**

œ̃ li **un** lit — de li **des** lits 床

œ̃ nɔrdinatœr **un** ordinateur — de zɔrdinatoer **des** ordinateurs 電腦

yn ʃɑ̃br **une** chambre — de ʃɑ̃br **des** chambres 房間

➳ 文法筆記 ➳

vwasi
voici ... 這裡有～，這是～。

vwasi yn mɔ̃tr
Voici une montre. 這裡有手錶。

vwala
voilà ... 那裡有～，那是～。

vwala de zɔrdinatoer
Voilà des ordinateurs. 那裡有電腦。

Exercices 7

練習問題 7

【1】參考書後的單字表(p.143~)，填入un, une,或des。

① (　　　　) voiture　② (　　　　) lunettes

③ (　　　　) taxi　④ (　　　　) légumes

冠詞要隨名詞的陰陽性而改變喔！

【2】將下列語句中的單數形改為複數形，複數形改為單數形，並改寫全句。

① Voici une clef.　這裡有鑰匙。

____

② Voilà des fruits.　那裡有水果。

____

p.29 解答

【1】① Noël [nɔɛl] / fête [fɛt] ② radio [radio] / allô [alo] ③ stylo [stilo] / île [il] ④ petit [pəti] / leçon [ləsɔ̃]

【2】① l'homme [lɔm] ② l'enfant [lɑ̃fɑ̃] ③ c'est [sɛ]

部份冠詞

i li ja dy lɛ dã lə frigo
Il y a du lait dans le frigo.

冰箱裡有牛奶。

部份冠詞，置於不可數名詞之前，表示「某些量的～」。

	以子音開頭的字前	母音或h開頭的字前
陽性名詞之前	dy **du**	də de l' ....
陰性名詞之前	də la de la	

〈陽性名詞〉 〈陰性名詞〉

dy pwasɔ̃ **du** poisson	魚	də la vjɑ̃d de la viande	肉
də larʒɑ̃ **de l'**argent	錢	də lo de l'eau	水

部份冠詞也可接抽象名詞

dy kuraʒ **du** courage	勇氣	də la pasjɑ̃s de la patience	忍耐

文法筆記

i li ja
il y a ... 有～

i li ja dy pɛ̃ syr la tabl
il y a **du** pain sur la table. 桌子上有麵包。

【位置的表達】

syr
sur ... 在～上面

dɑ̃
dans ... 在～裡面

su
sous ... 在～下面

Exercices 8
練習問題 8

【1】參考書後的單字表(p.143~)，
填入du, de la,或de l'。

注意母音和h開頭的字喔！

① (　　　　) argent　② (　　　　) huile

③ (　　　　) fromage　④ (　　　　) confiture

【2】將法文與對應的中文相連。

① de la bière ·　　·紅茶

② du riz ·　　·飯

③ du thé ·　　·啤酒

別忘了冠詞的型態喔！

p.31 解答

【1】① une ② des ③ un ④ des
【2】① Voici des clefs. ② Voilà un fruit.

rɛstɔrɑ̃

RESTAURANTS

餐廳

到法國餐廳點餐，通常點前菜l'entrée（lɑ̃tre）＋主菜le plat（lə pla）＋甜點le dessert（lə desɛr）的套餐le menu（lə məny）比較划算。不過一般套餐的用餐時間大約要花1.5~2個小時，中午的話，點商業午餐la formule express（la fɔrmyl ɛksprɛs）du midi（dy midi）是比較好的選擇。這種套餐包括開胃菜hors-d'œuvre（ɔrdøvr）＋主菜，或是主菜＋甜點的組合，一般而言，套餐或午餐通常可以從不同種類的料理中選擇自己喜愛的菜色。

在餐廳使用的表達句

MP3 14

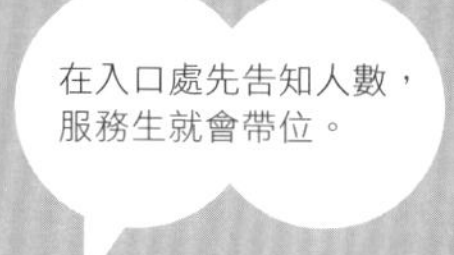

bɔ̃ʒur (bɔ̃swar), nu sɔm dø

Bonjour (Bonsoir), nous sommes **deux**.

您好（晚安），我們有2人。

服務生有時會先問
Vous êtes combien ?
「請問幾位？」(p. 116)。

dø məny a vɛ̃ døro sil vu plɛ

Deux* menus à **vingt**** euros, s'il vous plaît.

請給我們2份20歐元的套餐。
（＊是套餐的數量）（＊＊是套餐的價錢）

Les chiffres 數字
le ʃifr

※21 以上的數字請參考 p.151

1	un / une (œ̃ / yn)	2	deux (dø)	3	trois (trwa)	4	quatre (katr)
5	cinq (sɛ̃k)	6	six (sis)	7	sept (sɛt)	8	huit (ɥit)
9	neuf (nœf)	10	dix (dis)	11	onze (ɔ̃z)	12	douze (duz)
13	treize (trɛz)	14	quatorze (katɔrz)	15	quinze (kɛ̃z)	16	seize (sɛz)
17	dix-sept (disɛt)	18	dix-huit (dizɥit)	19	dix-neuf (diznœf)	20	vingt (vɛ̃)

發音規則 III

發音規則Ｉp.22，發音規則II p.28，發音規則IV p.44

Pardon, mademoiselle.

pardɔ̃

不好意思，小姐。

組合母音的讀法　2個母音字以上的組合母音

2個母音字以上的組合母音也**只發一個音**。

拼字	發音	例字	例字	例字
ai aî ei	[ɛ]	maison (mɛzɔ̃) 家	air (ɛr) 空氣	neige (nɛdʒ) 雪
au eau	[o]	aussi (osi) 和～一樣	eau (o) 水	
eu œu	[ø]	bleu (blø) 藍色	œuf (œf) 蛋	
ou où oû	[u]	vous (vu) 您	où (u) 哪裡	
oi oî	[wa]	croissant (krwasɑ̃) 可頌麵包	boîte (bwat) 箱子	

鼻母音的讀法　母音字＋ m, n

鼻母音是法文中比較特殊的發音。

拼字	發音	例字	例字
an am en em	[ɑ̃]	enfant (ɑ̃fɑ̃) 小孩	ensemble (ɑ̃sɑ̃bl) 一起
in im yn ym ain aim ein eim	[ɛ̃]	vin (vɛ̃) 葡萄酒	pain (pɛ̃) 麵包
un um	[œ̃]	parfum (parfœ̃) 香水	
on om	[ɔ̃]	bon (bɔ̃) 好的	nom (nɔ̃) 名字

也可以當作稱呼單獨使用喔！

單字筆記

Monsieur (məsjø)	（對男性的尊稱）～先生
Madame (madam)	（對已婚女性的尊稱）～女士，～夫人
Mademoiselle (madəmwazɛl)	（對未婚女性的尊稱）～小姐

MP3 16

Exercices 9
練習問題 9

【1】將劃線部份發音相同的相連。

練習

① ensemble ·　　　　· air

② eau ·　　　　· nom

③ bon ·　　　　· enfant

④ neige ·　　　　· aussi

2個字母以上的母音字發音也只有一個音喔！

【2】寫出下列單字的音標。

練習

① (　　　　)　　② (　　　　)

non 不　　ou 或是

③ (　　　　)　　④ (　　　　)

voilà 那裡有～　　beau 美麗的

背單字時一定要連**陰陽性**一起記喔！

p.33 解答

【1】① de l′ ② de l′ ③ du ④ de la
【2】① 啤酒 ② 飯 ③ 紅茶

定冠詞

sɛ lotɛl də ʒɑ̃

C'est l'hôtel de Jean.

這是Jean住的旅館。

定冠詞置於名詞之前，表①特定的人或物，②人或物的總稱。

	單數形	**複數形**
陽性名詞之前	lə **le**（**l'**）.........	le **les** ....
陰性名詞之前	la **la**（**l'**）.........	

母音或h開頭的字前le, la要變成l'喔！

〈單數形〉 〈**複數形**〉

〈單數形〉	〈複數形〉	
lə kaje **le** cahier	le kaje **les** cahiers	筆記本
lekɔl **l'**école	le zekɔl **les** écoles	學校

不定冠詞 → une；**定冠詞** → la；特定 → de Paul

① 特定：sɛ dyn mɛzɔ̃ C'est une maison. 這是家。 sɛ la mɛzɔ̃ də pɔl C'est **la** maison **de Paul**. 這是Paul的家。

② 總稱:：la myzik sɛ dœ̃ plɛzir **La** musique, c'est un plaisir. 音樂這東西，是一種享受。

文法筆記

sɛ
c'est ＋單數名詞 這是（那是）～。
sɛ la rɔb də mari
C'est la robe de Marie. 這是Marie的連身洋裝。

sə sɔ̃
ce sont ＋複數名詞 這些是（那些是）～。
sə sɔ̃ le rɔb də mari
Ce sont les robes de Marie. 這些是Marie的連身洋裝。

Exercices 10
練習問題 10

【1】參考書後的單字表(p.143~)，填入 le, la, l’，或les。

①（　　　）Japon　　②（　　　）enfants

③（　　　）France　　④（　　　）hôtel

冠詞會隨**名詞的陰陽性與單複數**而改變，國名也有陰陽性的不同喔！

【2】將下列語句中的單數形改為複數形，複數形改為單數形，並改寫全句。

① C’est la cravate de Louis.　這是Louis 的領帶。

____

② Ce sont les enfants de Sylvie.　這些小孩是Syvie的孩子。

____

有許多地方要改喔！

p.37 解答

ãsãbl　ãfã　o　osi　bɔ̃　nɔ̃　nɛʒ　ɛr

【1】① ensemble / enfant ② eau / aussi ③ bon / nom ④ neige / air

【2】① [nɔ̃] ② [u] ③ [vwala] ④ [bo]

主詞代名詞

MP3 18

Je suis japonais(e).

ʒə sɥi ʒapɔnɛ z

我是日本人。

做為主詞的代名詞

請記得je後面若接的是母音或h開頭的字，je 要變成j' 喔！

ʒə **je（j'）** 我	nu **nous** 我們
ty **tu** 你 （對家人、朋友或晚輩）	vu **vous** 您 （對初次見面的人或長輩） 您（你）們
il **il** 他、它 ɛl **elle** 她、它 ɔ̃ **on** 人們、我們	il **ils** 他們、它們 ɛl **elles** 她們、它們

il / ils （il il）：無論人或物，都可代替**陽性名詞**使用。

le pantalon（lə pɑ̃talɔ̃）長褲 ⇒ il　　les pantalons（le pɑ̃talɔ̃）⇒ ils

elle / elles （ɛl ɛl）：無論人或物，都可代替**陰性名詞**使用。

la jupe（la ʒyp）裙子 ⇒ elle　　les jupes（le ʒyp）⇒ elles

文法筆記

ils 並非只用於陽性名詞，陽性名詞與陰性名詞在一起時也可以用。　例：Paul（pɔl）+ Éric（erik）⇒ils ／ Paul（pɔl）+ Marie（mari）⇒ ils

陽性 + 陽性 ⇒ils ／ 陽性 + 陰性 ⇒ ils

Exercices 11
練習問題 11

關係**較親密**與**較不親密**的人請做區分。

【1】填入主詞代名詞。

① 它們 (　　　　) ② 你 (　　　　)

③ 他 (　　　　) ④ 你們 (　　　　)

⑤ 我 (　　　　) ⑥ 您 (　　　　)

【2】請代換成主詞代名詞。

① Anne (　　　　)

② le livre de Léa (　　　　)

③ les portes (　　　　)

④ Anne et Louis (　　　　)

請注意名詞的**陰陽性**與**單複數**喔！

C'est之後要接單數形，Ce sont之後則要接複數形喔！

p.39 解答

【1】① le ② les ③ la ④ l'
【2】① **Ce sont les cravates** de Louis.
② **C'est l'enfant** de Sylvie.

-er 動詞

ʒabi ta kjɔtɔ

J'habite à Kyoto.

我住在京都。

字尾以-er結尾的動詞原形，其動詞變化是**去掉er**，再隨著主詞加上不同**字尾**。

注意nous與vous時動詞的發音有所不同喔！

不同主詞的字尾變化

ʒə **je**	不發音 -e	ʒə je	parl parl**e**
ty **tu**	不發音 -es	ty tu	parl parl**es**
il **il**	不發音 -e	il il	parl parl**e**
ɛl **elle**	不發音 -e	ɛl elle	parl parl**e**

不同主詞的字尾變化

nu **nous**	ɔ̃ -ons	nu nous	parlɔ̃ parl**ons**
vu **vous**	e -ez	vu vous	parle parl**ez**
il **ils**	不發音 -ent	il ils	parl parl**ent**
ɛl **elles**	不發音 -ent	ɛl elles	parl parl**ent**

主詞為on時要使用此種形態哦！

ʒə parl frɑ̃sɛ e ɑ̃glɛ
Je **parle** français et anglais.
我會說法文和英文。

單字筆記

其他具有相同字尾變化的-er動詞

ɛme aim**er**	喜歡	abite habit**er**	居住
rəgarde regard**er**	看	ekute écout**er**	聽

請記得je後面若接的是母音或h開頭的字，je要變成j'喔！

Exercices 12
練習問題 12

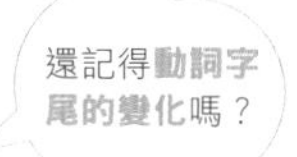

【1】圈出適當的答案。

① Vous (habite habitez habitons) à Paris ?

② Elle (écoutons écoutent écoute) un CD.

③ Anne et Louis (aiment aimes aime) le sport.

【2】用指定的主詞改寫下列句子。

① Nous regardons la télévision. (Je)
我們在看電視。

---

② Elles travaillent dans un café. (On)
她們在咖啡廳工作。

---

p.41 解答

【1】① ils / elles ② tu ③ ils ④ vous ⑤ je ⑥ vous
【2】① elle ② il ③ elles ④ ils

發音規則IV

發音規則I p.22，發音規則II p.28，發音規則III p.36

ɑ̃ʃɑ̃te

Enchanté(e) !

幸會！

需要特別注意的子音字讀法

拼寫	音	例字		
c + a, o, u	k	kɔka coca 可樂	kɥizin cuisine 料理，菜餚	
c + e, i, y	s	səsi ceci 這個	sikl cycle 週期	
ç + a, o, u	s	sa ça 那個	ləsɔ̃ leçon 課程	
g + a, o, u	g	gar gare 車站	gɔm gomme 橡皮擦	
g + e, i, y	ʒ	aʒ âge 年齡	ʒilɛ gilet 背心	ʒim gym 體操
ch	ʃ	ʃa chat 貓	ʃɔkɔla chocolat 巧克力	
gn	ɲ	kɑ̃paɲ campagne 鄉村	ɛspaɲɔl espagnol 西班牙語	
ph	f	telefɔn téléphone 電話	farmasi pharmacie 藥局	

母音字 + s + 母音字 **s夾在母音中間時，發[z]的音**

myze
musée 美術館　　sɛzɔ̃
saison 季節

MP3 21

Exercices 13
練習問題 13

【1】將劃線部分發音相同的相連。

練習

① âge ·　　　　· garçon

② café ·　　　　· fête

③ sac ·　　　　· neige

④ téléphone ·　　　　· coca

【2】寫出下列單字的音標。

練習

① (　　　　　　)
chance 幸運

② (　　　　　　)
montagne 山

③ (　　　　　　)
maison 家

④ (　　　　　　)
encore 又～

p.43 解答

【1】① habitez ② écoute ③ aiment
【2】① **Je regarde** la télévision. ② **On travaille** dans un café.

suvnir dә frɑ̃s

SOUVENIRS DE FRANCE

法國名產

說到法國的名產，除了想到巧克力le chocolat (lә ʃɔkɔla), 紅茶le thé (lә te), 葡萄酒le vin (lә vɛ̃), 蛋糕類les gâteaux (le gɑto)（如馬卡龍les macarons (le makarɔ̃)、餅乾le biscuits (lә biskɥi)）之外，建議您也可以買果醬la confiture (la kɔ̃fityr) 或鵝肝醬罐頭foie gras (fwa grɑ)等特產。巴黎的百貨公司le grand magasin (lә grɑ̃ magazɛ̃)，例如位於左岸la Rive Gauche (la riv goʃ)的樂蓬馬歇le Bon Marché (lә bɔ̃ marʃe)的食品館la Grande Epicerie de Paris (la grɑ̃ depisri dә pari)裡，販售著各式各樣國內看不到的新鮮食材。

MP3 22

購物的表達句

會隨名詞的陰陽性
與單複數變化喔！

ave vu de vɛst blɑ̃ʃ
Avez-vous des vestes **blanches** ?
請問有沒有白色的外套？

ʒə vudrɛ sə sak brœ̃
Je voudrais ce sac **brun**.
我想要這個咖啡色的袋子。

voudrais是vouloir
「想要～」（p. 114）
的禮貌說法。

œ̃ pakɛkado sil vu plɛ
Un paquet-cadeau, s'il vous plaît.
請幫我包裝起來。

le kulœr
Les couleurs 顏色

黑色的 noir(**e**) [nwar]	白色的 blanc(**blanche**) [blɑ̃] [blɑ̃ʃ]	紅色的 rouge [ruʒ]
黃色的 jaune [ʒon]	藍色的 bleu(**e**) [blø]	綠色的 vert(**verte**) [vɛr] [vɛrt]
粉紅色的 rose [roz]	咖啡色的 brun(**brune**) [brœ̃] [bryn]	

（ ）內為陰性型態

Mes débuts Leçon 14 en français

動詞être I

ʒə suji də tɔkjɔ

Je **suis** de Tokyo.

我是東京人。

ɛtr

être是不規則的動詞變化。

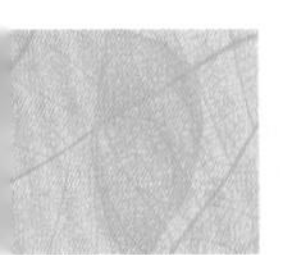

être 是～

ʒə je	sɥi **suis**	nu nous	sɔm **sommes**
ty tu	ɛ **es**	vu vous‿	zɛt **êtes**
il il⁀	ɛ **est**	il ils	sɔ̃ **sont**
ɛl elle⁀	ɛ **est**	ɛl elles	sɔ̃ **sont**

主詞為on時要使用此種形態喔！

être de(d')…是「來自～，～人」的意思。

ʒə sɥi dɔsaka
Je **suis** d'Osaka. 我是大阪人。

mɛ̃tnɑ̃ ʒə sɥi za pari
Maintenant, je **suis** à Paris. 我現在在巴黎。

lə ʃa də lyk ɛ su la ʃɛz
Le chat de Luc **est** sous la chaise. Luc的貓在椅子底下。

【1】填入適當的être動詞型態。

① elle （　　　　　　　　）　② vous （　　　　　　　　）

③ tu （　　　　　　　　）　④ ils （　　　　　　　　）

⑤ je （　　　　　　　　）　⑥ nous （　　　　　　　　）

【2】將詞語重新排列，寫出正確的句子。

① 我現在在大阪。

je　Osaka　suis　Maintenant,　à

____ .

② 她是巴黎人。

de　Elle　Paris　est

____ .

p.45 解答

----

　　　aʒ　　nɛʒ　　　kafe　　kɔka　　　sak　　garsɔ̃　　　　telefɔn　　fɛt

【1】① âge / neige ② café / coca ③ sac / garçon ④ téléphone / fête

【2】① [ʃɑ̃s] ② [mɔ̃taŋ] ③ [mɛzɔ̃] ④ [ɑ̃kɔr]

動詞être Ⅱ

MP3 24

ʒə suis zetydjɑ̃ t

Je suis étudiant(e).

我是學生。

ɛtr

如果être之後接的是表國籍或職業的名詞，則不用加冠詞。

（職業請參考p. 24，國籍請參考p. 26-27）

主詞 ＋ être ＋ 職業

記得配合主詞的陰陽性與單複數喔！

il ɛ tetydjɑ̃

Il est étudiant. 他是學生。

陰陽性單複數一致

不需加冠詞un

il sɔ̃ tetydjɑ̃

Ils sont étudiants. 他們是學生。

陰陽性單複數一致

主詞 ＋ être ＋ 國籍

「我是～人」的國籍部分用小寫

ʒə sɥi ʒapɔnɛ

Je suis japonais. 我是日本人。（男）

陰陽性單複數一致

ʒə sɥi ʒapɔnɛz

Je suis japonaise. 我是日本人。（女）

陰陽性單複數一致

請注意發音的變化

Exercices 15

記得配合主詞的陰陽性與單複數。

【1】圈出正確的型態。

① Nous sommes (employée employés).

② Il est (chinois chinoise).

③ Paul et Marie sont (français françaises).

主詞有男性和女性喔。

【2】用指定的主詞改寫下列句子。

① Je suis italien. (Nous)
我是義大利人。

____

② Ils sont étudiants. (Elle)
他們是學生。

____

p.49 解答

【1】① est ② êtes ③ es ④ sont ⑤ suis ⑥ sommes
【2】① Maintenant, je suis à Osaka. ② Elle est de Paris.

和主詞相關的形容詞

ʒə sɥi kɔ̃tɑ̃ t

Je suis content(e).

我很高興。

形容詞會隨著主詞的陰陽性與單複數而改變型態。

滿足，高興，開心

	單數	複數
陽性	kɔ̃tɑ̃ content	kɔ̃tɑ̃ contents
陰性	kɔ̃tɑ̃t contente	kɔ̃tɑ̃t contentes

單數形與複數形的發音相同喔！

陰性形容詞　陽性 ＋ e　陰性

複數形　單數形 ＋ s　**複數形**

il ɛ kɔ̃tɑ̃
Il est content.　他很開心。

陰陽性單複數一致

ɛl sɔ̃ kɔ̃tɑ̃t
Elles sont contentes.　她們很開心。

陰陽性單複數一致

單字筆記

各種陰性形容詞（陽性 ⇒ 陰性）

ʒœn jeune	ʒœn jeune	年輕的
bo beau	bɛl belle	美麗的
bɔ̃ bon	bɔn bonne	好的

也有陰陽性相同的情形喔！

【1】圈出適當的答案。

要配合主詞的
與
喔！

① Elle est (occupé   occupée).

② Nous sommes (grand   grands).

③ Paul et Marie sont (fatigués   fatiguées).

【2】用指定的主詞改寫下列句子。

① Ils sont contents. (Elle)
他們很開心。

____

② Le chien de Paul est petit. (Les chiens de Paul)
Paul 的狗很小隻。

____

p.51 解答

注意 與
喔！

【1】① employés ② chinois ③ français
【2】① italien . ② étudiant .

與名詞相關的形容詞 I

 26

ʒɛm le film amerikɛ̃
J'aime les films américains.

我喜歡美國電影。

形容詞大多置於名詞後方。

冠詞 ＋ 名詞 ＋ 形容詞

ʒɛm lə kafe nwar
J'aime le café noir.
陰陽性單複數一致

我喜歡黑咖啡。
（顏色請參考p.47）

sə sɔ̃ de vwatyr frɑ̃sɛz
Ce sont des voitures françaises.
陰陽性單複數一致

那些是法國車子。

➤ 動詞筆記 ◀

ɛme aimer 喜歡	ʒɛm j' aime	nu zemɔ̃ nous aimons
	ty ɛm tu aimes	vu zeme vous aimez
	i lɛm il aime	il zɛm ils aiment
	ɛ lɛm elle aime	ɛl zɛm elles aiment

Exercices 17

【1】圈出適當的答案。

還記得
嗎？

① C'est un livre (amusant　amusante).

② Il y a des chats (noir　noirs) dans le jardin.

③ J'aime la cuisine (français　française).

【2】將劃線部分的名詞改為（　）內的名詞，並改寫下列句子。

① Elle porte <u>une robe</u> bleue. (un manteau)
她穿著藍色連身洋裝。

____

② <u>Le sac</u> brun de Marie est joli. (Les gants)
Marie的咖啡色皮包很漂亮。

____

主詞改變時，
喔。

p.53 解答

【1】① occupée ② grands ③ fatigués
【2】① content . ② petit .

與名詞相關的形容詞 II

MP3 27

i li ja də bɔ̃ vɛ̃ ɑ̃ frɑ̃s

Il y a de bons vins en France.

法國有美味的葡萄酒。

有一部分的形容詞是置於名詞前方。

冠詞 ＋ 形容詞 ＋ 名詞

sɛ dyn ʒɔli kart

C'est une jolie carte.　那是張很可愛的卡片。

↑ 陰陽性單複數一致 ↑

⚠ **複數形容詞**的前面，不定冠詞**des**(de)要變成de(də)。

Ce sont ~~des~~ **jolies** cartes.　Ce sont de **jolies** cartes.（sə sɔ̃ də ʒɔli kart）

de＋**形容詞複數**＋名詞**複數**

單字筆記

置於名詞之前的形容詞（陽性／陰性）

bon / bonne (bɔ̃ / bɔn)	好的，好吃的	⇔	mauvais / mauvaise (mɔvɛ / mɔvɛz)	壞的
grand / grande (grɑ̃ / grɑ̃d)	大的	⇔	petit / petite (pəti / pətit)	小的
beau / belle (bo / bɛl)	美麗的		nouveau / nouvelle (nuvo / nuvɛl)	新的

還記得名詞與形
容詞的　　嗎？

【1】圈出適當的答案。

① Nous avons (de　des) chiens intelligents.

② Voici (de　des) bons gâteaux.

③ Ce sont (de　des) grands hôtels.

【2】請加上（　　）內的形容詞，再依中文改寫全句。

① Voilà un cadeau. (petit)
這是一個小禮物。

---

② Il y a des fleurs dans le parc. (jolies)
公園裡開著美麗的花。

都知道
如何變化了嗎？

p.55 解答

【1】① amusant　② noirs　③ française
【2】① Elle porte　.
② brun　de Marie　joli .

動詞avoir

 28

ʒɛ fɛ̃
J'ai faim.

我肚子餓。

avwar
avoir是不規則動詞變化。

avoir 有～

ʒɛ		nu	zavɔ̃
j'	ai	nous	avons
ty	a	vu	zave
tu	as	vous	avez
i	la	il	zɔ̃
il	a	ils	ont
ɛ	la	ɛl	zɔ̃
elle	a	elles	ont

主詞與動詞幾乎都連在一起唸

主詞為on時要使用此型態喔！

ʒɛ œ̃ grɑ̃ frɛr
J'ai un grand frère. 我有一個哥哥。

ʒɛ fɛ̃
J'ai faim. 我肚子餓。

ʒɛ swaf
J'ai soif. 我口渴。

慣用語avoir faim是「肚子餓」，avoir soif是「口渴」的意思。

【1】填入適當的avoir動詞變化。

① Il (　　　) des chiens.　　他有養狗。

② J' (　　　) des amis français.　　我有法國人的朋友。

③ Vous (　　　) de l'eau ?　　（在店內）請問有水嗎？

【2】用指定的主詞改寫下列句子。

① J'ai soif. (Pierre et Léa)
我口渴。

____

② Elles ont de la chance. (Tu)
她們很幸運。

____

的des要變成
喔！

p.57 解答

【1】① des ② de ③ de
【2】① Voilà un cadeau. ② Il y a fleurs dans le parc.

使用avoir的慣用語

ʒɛ ʃo

J'ai chaud.

我很熱。

avwar

〈**avoir**＋名詞〉可組合成各種不同說法。

主詞 ＋ **avoir** ＋ chaud / froid

很熱/很冷

nu zavɔ̃ trɛ ʃo

Nous **avons** très chaud. 我們很熱。

vu zave frwa

Vous **avez** froid ? 你們很冷嗎？

主詞 ＋ **avoir** ＋ 數字 an(s)

～幾歲

除了1歲之外，an都是使用複數形。

ʒɛ vɛ̃ tɑ̃

J'**ai** vingt ans. 我20歲。

（數字請參考p. 35, p. 151）

【1】請參考左頁，在（　）內填入avoir的動詞變化，並在 ______ 內填入語詞完成句子。

① 你熱嗎？

Tu (　　　　　　　) ______________ ?

② 我們不冷。

Nous n'(　　　　　　　) pas ______________ .

③ 我的兒子1歲。

Mon fils (　　　　　　　) ______________ .

【2】將詞語重新排列，寫出正確的句子。

是
的意思。
（p. 70）

① 你們不會口渴嗎？

avez　Vous　pas　n'　soif

____ ?

② Sylvie的媽媽52歲。

La mère　cinquante-deux　de　ans　a　Sylvie

____ .

p.59 解答

【1】① a　② ai　③ avez
【2】① soif.　② de la chance.

指示形容詞

pardɔ̃ sɛt plas
Pardon, cette place

ɛ libr
est libre ?

不好意思，請問這個位子有人嗎？

指示形容詞置於名詞之前，必須隨著名詞的陰陽性、單複數改變型態。

	單數形 這個、那個	**複數形** **這些、那些**
陽性名詞之前	sə sɛt **ce**（**cet**）……	se **ces** ……
陰性名詞之前	sɛt cette ……	

〈單數形〉　〈**複數形**〉

sə **ce**	stilo stylo	⇒	se **ces**	stilo stylos	筆
sɛ **cet**	tɔrdinatœr ordinateur	⇒	se **ces**	zɔrdinatoer ordinateurs	電腦
sɛt cette	vɛst veste	⇒	se **ces**	vɛst vestes	上衣
sɛ cette	tegliz église	⇒	se **ces**	zegliz églises	教會

碰到母音字或h開頭的名詞要變成cet喔！

➤單字筆記◂

指示形容詞加上時間的說法，會變成下列意義：

sə matɛ̃ **ce** matin	今天早上	sə swar **ce** soir	今天晚上
sɛt səmɛn cette semaine	這週	sə wikɛnd **ce** week-end	這個週末
sə mwa **ce** mois	這個月	sɛ tane cette année	今年

Exercices 21

【1】填入指示形容詞。

① 這些書很有趣。

(　　　　　) livres sont très intéressants.

② 他在找那隻藍色的鳥。

請注意 喔！

Il cherche (　　　　　) oiseau bleu.

③ 她今天早上生病了。

Elle est malade depuis (　　　　　) matin.

④ 你喜歡這首歌嗎？

Tu aimes (　　　　　) chanson ?

【2】將詞語重新排列，寫出正確的句子。

不好意思，請問這位子有人坐嗎？

est　Pardon,　place　cette　occupée

____ ?

p.61 解答

【1】①(as)chaud　②(avons)froid　③(a)un an

【2】① Vous n'avez pas soif ?

② La mère de Sylvie a cinquante-deux ans.

否定句型 I

ʒə nɛ pa lə tɑ̃
Je n'ai pas le temps.

我沒時間。

將動詞夾在 ne（n'）與 pas 之間。

主詞 ＋ ne（n'）動詞 pas …
不是

如果動詞是母音或h開頭的字，ne要變為n' 喔！

ʒə sɥi za tɔkjɔ
Je suis à Tokyo.　我在東京。

ne　pas

ʒə nə sɥi pa za tɔkjɔ
Je ne suis pas à Tokyo.　我不在東京。

➤ 動詞筆記 ◀

avwar
avoir 「有～」的否定

ʒə je	nɛ n'ai	pa pas	nu nous	navɔ̃ n'avons	pa pas
ty tu	na n'as	pa pas	vu vous	nave n'avez	pa pas
il il	na n'a	pa pas	il ils	nɔ̃ n'ont	pa pas
ɛl elle	na n'a	pa pas	ɛl elles	nɔ̃ n'ont	pa pas

【1】填入ne, n'或pas。

① Ce n'est (　　　　　) un chien.

② Nous (　　　　　) aimons pas le sport.

③ Ils (　　　　　) parlent pas français.

請注意　與
的不同喔！

【2】將下列句子改為否定句。

① J'aime le café.　　我喜歡咖啡。

____

② Ce sont des chats.　　這些是貓。

____

oiseau是
。

p.63 解答

【1】① Ces ② cet ③ ce ④ cette
【2】Pardon, cette place est occupée ?

否定句型 II

ʒə nabit ply a pari

Je n'habite plus à Paris.

我已經不住在巴黎了。

其他常用的否定句型有 ne（n'）... plus，ne（n'）... rien

主詞 ＋ ne（n'）動詞 plus ...

已經～不（沒有）

ʒə nɛ ply lə tɑ̃

Je n'ai plus le temps.　我已經沒時間了。

如果動詞是母音或h開頭的字，ne要變為n'喔！

主詞 ＋ ne（n'）動詞 rien ...

什麼都不（沒有）～

ʒə nə mɑ̃ʒ rjɛ̃

Je ne mange rien.　我什麼都不吃。

碰到nous時會有些不同喔！

➤ 動詞筆記 ◀

mɑ̃ʒe manger 吃	ʒə mɑ̃ʒ je mange	nu mɑ̃ʒɔ̃ nous mangeons
	ty mɑ̃ʒ tu manges	vu mɑ̃ʒe vous mangez
	il mɑ̃ʒ il mange	il mɑ̃ʒ ils mangent
	ɛl mɑ̃ʒ elle mange	ɛl mɑ̃ʒ elles mangent

Exercices 23

【1】填入pas, plus或rien。

① Vous n'habitez (　　　　　) à Paris ?
你已經不住在巴黎了嗎？

② Tu ne manges (　　　　　) ?　你什麼都不吃嗎？

③ On ne regarde (　　　　　) la télé.　我們不看電視。

【2】將詞語重新排列，寫出正確的句子。

① 他們已經沒在工作了。

travaillent　ne　Ils　plus

____ .

② 我們什麼都不吃。

ne　Nous　rien　mangeons

____ .

如果動詞是
，　要變為　喔！

p.65 解答

【1】① pas　② n'　③ ne
【2】① J　aime　le café. ② Ce　sont　des chats.

否定的de

il ni ja ply də frɔmaʒ a la mɛzɔ̃

Il n'y a plus de fromage à la maison.

家裡已經沒有乳酪了。

動詞後方的冠詞un, une, des, du, de la, de l'若碰到否定句時要變成de（d'）。

ʒɛ œ̃ ʃa / ʒə nɛ pa də ʃa

J'ai un chat. ⇒ Je **n'ai** **pas** ~~un~~ chat. ⇒ Je **n'ai** **pas** de chat.

我有養貓。 我沒有養貓。

↑ de

⚠ 不過，也有不用de（d'）的情形喔！

sɛ tœ̃ ʃa / sə nɛ pa zœ̃ ʃa

C'est un chat. ⇒ Ce n'est pas **un** chat.

這是貓。 這不是貓。

être後面的冠詞不改變喔！

ʒə rəgard la tele / ʒə nə rəgard ply la tele

Je regarde la télé. ⇒ Je ne regarde plus **la** télé.

我看電視。 我已經不看電視了。

↑ ~~de~~

定冠詞le, la, l', les不變。

【1】圈出適當的答案。

① Ce n'est pas (un de) gâteau.

什麼時候會變成
否定的 ( )呢？

② On n'a pas (de l' d') argent.

③ Tu ne regardes pas (la de) télé ?

【2】將下列句子改為否定句。

① Elle a des frères. 她有兄弟。

____

② Nous mangeons de la viande. 我們吃肉。

____

p.67 解答

【1】① plus ② rien ③ pas
【2】① Ils ne travaillent plus. ② Nous ne mangeons rien.

所有格形容詞

34

mɔ̃ naniverser
Mon anniversaire,
sɛ lə vɛ̃ sɛptɑ̃br
c'est le 20 septembre.

我的生日是9月20日。

所有格形容詞放在名詞之前，表示該名詞的擁有者。會隨著名詞的陰陽性及單複數改變型態。

母音或h開頭的字會變成mon, ton, son喔。

「他的」和「她的」用法相同喔。

	陽性單數形	陰性單數形	陽性&陰性 複數形
我的	mɔ̃ **mon**	ma mɔ̃ ma (mon)	me **mes** ....
你的	tɔ̃ **ton**	ta tɔ̃ ta (ton)	te **tes** .....
他的、她的	sɔ̃ **son**	sa sɔ̃ sa (son)	se **ses** .....
我們的	nɔtr **notre**		no **nos** .....
您(們)的、你們的	vɔtr **votre**		vo **vos** .....
他們的、她們的	lœr **leur**		lœr **leurs** .....

我的父親
mɔ̃ pɛr
mon père
陽性名詞

我的母親
ma mɛr
ma mère
陰性名詞

我的學校
mɔ̃ nekɔl
mon école
母音開頭的陰性名詞

我的父母
me parɑ̃
mes parents
複數名詞

不是ma喔！

Exercices 25
練習問題 25

【1】圈出適當的答案。

① 我們的房間　(mes　notre　nos) chambre

② 他的母親　(son　sa　ses) mère

③ 你的學校　(ton　ta　tes) école

碰到母音開頭的陰性名詞時要怎麼變化呢？

【2】填入所有格形容詞。

① Votre passeport, s'il vous plaît.

— Oui, voilà (　　　　　) passeport.

② Ce sont les livres de tes enfants ?

— Oui, ce sont (　　　　　) livres.

仔細想想意思後再填上答案喔！

碰到母音開頭的名詞時，de 要變為 d' 喔！

p.69 解答

【1】① un　② d'　③ la

【2】① Elle n'a pas de frères. ② Nous ne mangeons pas de viande.

疑問句 I

ɛ s kə ʒɑ̃ ɛ la

Est-ce que Jean est là ?

Jean在嗎？

法文的疑問句有3種類型。

發音時句尾音調上揚。

① 發音時語調上揚（↑）或加問號（?）。

ʒɑ̃ ɛ la ʒɑ̃ ɛ la
Jean est là. ⇒ Jean est là ?
Jean在。 Jean在嗎？

主詞為母音開頭的字時，que要變為qu'喔！

② 在句首加上 est-ce que（qu'）。
(ɛ s kə)

ʒɑ̃ ɛ la ɛ s kə ʒɑ̃ ɛ la
Jean est là. ⇒ Est-ce que Jean est là ?
Jean在。 Jean在嗎？

（疑問句的類型3請參考p. 76）

est-ce que(qu') 就相當於中文裡的「～嗎？」之意。

請注意變音符號的方向喔！

➤ 動詞筆記 ◀

prefere
préférer 喜愛～

ʒə prefɛr je préfère	nu preferɔ̃ nous préférons
ty prefɛr tu préfères	vu prefere vous préférez
il prefɛr il préfère	il prefɛr ils préfèrent
ɛl prefɛr elle préfère	ɛl prefɛr elles préfèrent

【1】填入適當的詞語。

相當於中文裡「　　」的意思喔！

① (　　　　　) tu parles anglais ?

② Est-ce (　　　　　) Paul et Marie regardent la télé ?

③ Est-ce (　　　　　) ils sont grands ?

【2】將詞語重新排列，寫出正確的句子。

① Blanc女士在嗎？
que　Madame　est　Blanc　là　Est-ce

________________________________ ?

② 她是學生嗎？
est　qu'　étudiante　Est-ce　elle

________________________________ ?

p.71 解答

【1】① notre ② sa ③ ton
【2】① mon（譯）請給我看您的護照。－好的，這是　　護照。
② leurs（譯）這些是您小孩的書嗎？－是的，是　　書。

疑問句的應答 I

 36

bwa ty dy kafe
Bois-tu du café ?

wi ʒə bwa dy kafe
– Oui, je bois du café.

你要喝咖啡嗎？ —好，我要喝咖啡。

肯定疑問句的應答，通常以Oui（是的）或Non（不是）做為開頭。

Oui，肯定句 ／ Non，否定句

Est-ce que vous aimez le football ? (ɛ s kə vu zeme lə futbol)	你喜歡足球嗎？
— Oui, j'aime le football. (wi ʒɛm lə futbol)	是的，我喜歡足球。
— Non, je n'aime pas le football. (nɔ̃ ʒə nɛm pa lə futbol)	不，我不喜歡足球。

le football 不省略喔！

動詞筆記

請注意 u和v喔！

boire (bwar) 喝

je bois (ʒə bwa)	nous buvons (nu byvɔ̃)
tu bois (ty bwa)	vous buvez (vu byve)
il boit (il bwa)	ils boivent (il bwav)
elle boit (ɛl bwa)	elles boivent (ɛl bwav)

Exercices 27
練習問題 27

【1】填入適當的詞語。

① Vous buvez du vin ? — (　　　　　), je bois du vin.

② Aimes-tu la bière ? — (　　　　　), je n'aime pas la bière.

【2】下列疑問句，請分別用肯定句及否定句來回答。

① C'est le livre de ton frère ?　　這是你弟弟的書嗎？

____

____

② Est-ce qu'il y a du lait dans le frigo ?　冰箱裡有牛奶嗎？

____

____

ils是
喔！

p.73 解答

【1】① Est-ce que ② que ③ qu'
【2】① Est-ce que Madame Blanc est là ?
　　② Est-ce qu'elle est étudiante ?

疑問句 II

ɛt vu ʒapɔnɛ

Êtes-vous japonais ?

您是日本人嗎？

③ 將主詞與動詞位置互換的倒裝疑問句

（疑問句的類型1. 2.請參考p. 72）

主詞與動詞之間以連字號 - 連結。

vu zɛt ʒapɔnɛ
Vous êtes japonais. ⇒ Êtes-vous japonais ?
ɛt vu ʒapɔnɛ
您是日本人。 您是日本人嗎？

vu nɛt pa ʒapɔnɛ
Vous n'êtes pas japonais. ⇒ **N'**êtes-vous **pas** japonais ?
nɛt vu pa ʒapɔnɛ
您不是日本人。 您不是日本人嗎？

否定倒裝疑問句，要將連在一起的動詞與主詞夾在ne(n') 與pas的中間。

⚠ 主詞為**名詞**的情形如下：

用代名詞代替

ken ɛ ʒapɔnɛ
Ken est japonais. ⇒ **Ken** est-il japonais ?
ken ɛ til ʒapɔnɛ
Ken是日本人。 Ken是日本人嗎？

⚠ 如果主詞為 il 或 elle，而動詞語尾是 a 或 e 時，請在動詞與主詞之間插入 -t-

ɛ laʃɛt yn rɔb
Elle achèt**e** une robe. ⇒ Achèt**e**-t-**elle** une robe ?
aʃɛt tɛl yn rɔb
她買連身洋裝。 她買連身洋裝嗎？

➤ 動詞筆記 ◀

aʃte
achet**er** 買

ʒa ʃɛt j' achè**te**	nu zaʃətɔ̃ nous achet**ons**
ty aʃɛt tu achè**tes**	vu zaʃəte vous achet**ez**
I laʃɛt il achè**te**	il zaʃɛt ils achè**tent**
ɛ laʃɛt elle achè**te**	ɛl zaʃɛt elles achè**tent**

注意這裡 è 的拼法喔！

【1】填入適當的詞語。

① Tu as un vélo. → (　　　　　)-tu un vélo ?

② Ces cravates sont jolies.

→ Ces cravates sont-(　　　　　) jolies ?

cravates是　　，
請將它改為
(p. 40)。

③ Il achète des crayons. → Achète-(　　　　)-il des crayons ?

【2】將句子改成倒裝疑問句。

① Tu manges du poisson.　你吃魚。

___

② Il a des amis français.　他有法國人的朋友。

___

「你的弟弟」變成「
弟弟」，所以ton要改成
才對（p.70）。

p.75 解答

【1】① Oui　② Non

【2】① 肯定：　, c'est le livre de　frère.

否定：　, ce　est　le livre de　frère.

② 肯定：　, il y a du lait dans le frigo.

否定：　, il　y a　lait dans le frigo.

別忘了否定的
(p. 68)喔！

疑問句的應答 II

MP3 38

ty nə prɑ̃ pa lə metro
Tu ne prends pas le métro ?

si ʒə prɑ̃ lə metro
– Si, je prends le métro.

你不搭地鐵嗎？ – （是的，）我搭地鐵。

否定疑問句的應答，通常以 Si（是的）或 Non（不是）做為開頭。

（肯定疑問句的應答請參考p. 74）

Si, 肯定句 ／ Non, 否定句

「是的」就是si喔！

neme vu pa lə tenis
N'aimez-vous pas le tennis ? 你不喜歡打網球嗎？

si ʒɛm lə tenis
— Si, j'aime le tennis. （是的，）我喜歡打網球。

nɔ̃ ʒə nɛm pa lə tenis
— Non, je n'aime pas le tennis. （不，）我不喜歡打網球。

否定倒裝疑問句，要將連結在一起的動詞與主詞夾在ne(n') 與pas的中間（p.76）。

同類型的動詞還有apprendre「學習」、comprendre「理解」喔！

動詞筆記

prɑ̃dr
prendre 拿，搭乘，吃喝，點菜

ʒə prɑ̃ je prends	nu prənɔ̃ nous prenons
ty prɑ̃ tu prends	vu prəne vous prenez
il prɑ̃ il prend	il prɛn ils pren**n**ent
ɛl prɑ̃ elle prend	ɛl prɛn elles pren**n**ent

請注意有兩個n。

Exercices 29
練習問題 29

【1】填入適當的詞語。

① Ce n'est pas sa clef ? — (　　　　), ce n'est pas sa clef.

② Tu ne prends pas de thé ? — (　　　　), je prends du thé.

【2】下列疑問句，請分別用肯定句及否定句來回答。

① Tes parents n'habitent pas à Nice ?
你的父母不住在尼斯嗎？

____

____

② Est-ce qu'elle ne mange pas de viande ?
她不吃肉嗎？

____

____

主詞為　，動詞語尾是
時，請記得加上
喔！

p.77 解答

【1】① As ② elles ③ t
【2】① du poisson ? ② des amis français ?

天氣的說法

il fɛ bo oʒurdɥi

Il fait beau aujourd'hui.

今天是好天氣。

表達天氣如何，通常是以 il（il）當作主詞。

il fait ＋ 形容詞

天氣很～。

這裡的il，並沒有「他」或「那個」的意思。

il fɛ bo
Il fait beau. 天氣很好。

il fɛ mɔvɛ
Il fait mauvais. 天氣不好。

il fɛ frwa
Il fait froid. 很冷。

il fɛ ʃo
Il fait chaud. 很熱。

il ＋ 動詞

下（雨或雪）

il plø plœvwar
Il pleut.（動詞原形：pleuvoir） 下雨。

il nɛʒ nɛʒe
Il neige.（動詞原形：neiger） 下雪。

請注意faisons的發音。

動詞筆記

fɛr
faire 做～，製造

ʒə fɛ je fais	nu fəzɔ̃ nous faisons
ty fɛ tu fais	vu fɛt vous faites
il fɛ il fait	il fɔ̃ ils font
ɛl fɛ elle fait	ɛl fɔ̃ elles font

注意s和t的部分。

Exercices 30
練習問題 30

【1】填入適當的詞語。

① Il (　　　　　　　) aujourd'hui.　　今天下雨。

② Il fait (　　　　　　　) à Paris ?　　巴黎天氣好嗎？

③ Il fait (　　　　　　　).　　天氣不好。

【2】將詞語重新排列，寫出正確的句子。

① 今天早上很冷。

froid　Il　très　fait　ce matin

____.

② 從昨天就一直在下雪。

depuis　neige　hier　Il

____.

p.79 解答

【1】① Non　② Si

【2】① 肯定：**Si**, **ils** (**mes** parents) habitent à Nice.

否定：**Non**, **ils** (**mes** parents) **n'**habitent **pas** à Nice.

② 肯定：**Si**, elle mange **de la** viande.

否定：**Non**, elle **ne** mange **pas** de viande.

肯定句時，要將否定的de（p. 68）變回原來的**de la**喔！

HEURES (œr) D'OUVERTURE (duvɛrtyr)

營業時間

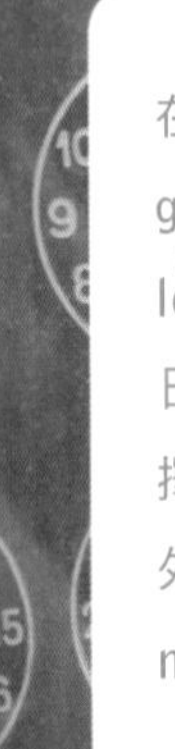

在法國購物有許多選擇，例如百貨公司les (le) grands (grɑ̃) magasins (magazɛ̃)、服飾店les (le) boutiques (butik)、超市les (le) supermarchés (sypɛrmarʃe)、市場les (le) marchés (marʃe)等。營業日與營業時間因店而異，不過大多數的店家會選擇週日與國定假日做為公休日，請多加留意。此外，許多百貨公司週四會夜間營業l'ouverture (luvɛrtyr) nocturne (nɔktyrn)到9點或10點。

MP3 40

星期的說法

kɛl ʒur sɔm nu oʒurdɥi
Quel jour sommes-nous aujourd'hui ?
今天星期幾？

nu sɔm mɛrkrədi
— Nous sommes **mercredi**.
星期三。

一般都不加冠詞喔！

vu zɛ tuvɛr lə dimɑ̃ʃ
Vous êtes ouvert **le dimanche** ?
請問這家店星期日有營業嗎？

加上定冠詞**le**（p. 38），代表「每週的～」之意。

le ʒur də la səmɛn
Les jours de la semaine 星期

星期一 lundi (lœ̃di)	星期二 mardi (mardi)	星期三 mercredi (mɛrkrədi)
星期四 jeudi (ʒødi)	星期五 vendredi (vɑ̃drədi)	星期六 samedi (samdi)
星期日 dimanche (dimɑ̃ʃ)		

時間的說法 I

i lɛ trwa zœr e dəmi
Il est trois heures et demie.

現在是3點半。

表達時間時，要用il est ... heure(s)的句型。

這裡的il，並沒有「他」或「那個」的意思。

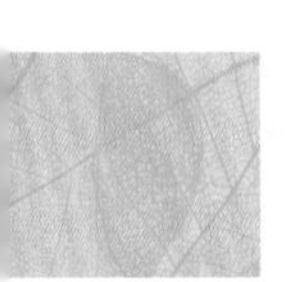

il est ＋ 數字 heure(s)

現在是～點。

（數字的說法請參考p. 35, 151）

i lɛ yn œr
Il est une heure. 現在是1點。

i lɛ dø zœr
Il est deux heures. 現在是2點。

除了1點之外，heure都為複數形。

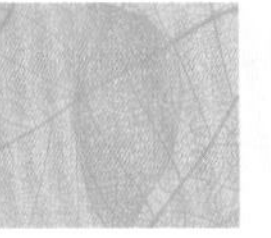

il est ＋ 數字 heure(s) ＋ 數字

現在是～點～分。

i lɛ trwa zœr dis
Il est trois heures dix. 現在是3點10分。

⚠ 15分與30分（～點半）的說法如下：

i lɛ trwa zœr e kar
Il est trois heures **et quart**. 現在是3點15分。

i lɛ trwa zœr e dəmi
Il est trois heures **et demie**. 現在是3點半。

Exercices 31
練習問題 31

du matin的意思是「早上的」。有關du的用法請參考p. 100。

【1】填入適當的語詞。

① (　　　　　　) est huit heures du matin. 現在是早上8點。

② Il est cinq heures (　　　　　　). 現在是5點15分。

③ Maintenant, il est une (　　　　　　) vingt. 現在是1點20分。

【2】寫用法文造句。

「傍晚的」是du soir喔！

① 現在東京是傍晚6點。

____

② 現在是8點半。

____

〈il fait＋形容詞〉，和〈il + 動詞〉都是表達天氣的句型喔！（p. 80）

p.81 解答

【1】① pleut ② beau ③ mauvais
【2】① Il fait très froid ce matin. ② Il neige depuis hier.

時間的說法 II

Il est trois heures moins le quart.

i lɛ trwa zœr mwɛ̃ lə kar

現在是2點45分。

35分之後使用moins (mwɛ̃)，表示「～分前」之意。

il est ＋ 數字 heure(s) ＋ moins 數字
現在～點～分（差～分～點）

（數字的說法請參考p.35, 151）

i lɛ trwa zœr mwɛ̃ vɛ̃
Il est **trois** heures **moins** vingt.
現在是2點40分。（差20分3點）

i lɛ trwa zœr mwɛ̃ sɛ̃k
Il est **trois** heures **moins** cinq.
現在是2點55分。（差5分3點）

用「差～分～點」的說法時，請記得要往後推1小時喔！

⚠ 特殊說法

i lɛ trwa zœr mwɛ̃ lə kar
Il est trois heures **moins** **le quart**.
現在是2點45分。（差1刻3點）

i lɛ midi
Il est **midi**. 現在是正午。

i lɛ minɥi
Il est **minuit**. 現在是凌晨12點。

Exercices 32
練習問題 32

35分之後要用「差～分～點」的說法喔！

【1】填入適當的語詞。

① Il est six heures (　　　　　) vingt.　現在是5點40分。

② Il est (　　　　　) heures moins dix.　現在是4點50分。

③ Il est (　　　　　) juste.　現在剛好是正午。

【2】用法文造句。

① 現在是2點45分。

____

② 現在是凌晨12點整。

____

heure是複數形喔！

p.85 解答

【1】① Il　② et quart　③ heure
【2】① Maintenant, **il est** six **heures** du soir à Tokyo.
② **Il est** huit **heures et demie**.

記得quart和demie之間必須要有**et**喔！

Mes débuts Leçon 33 en français

疑問形容詞 I

kɛ lɛ vɔtr taj

Quelle est votre taille ?

請問您衣服的尺寸是幾號呢？

什麼、誰、多麼、什麼樣的、哪一種的

	單數	複數
陽性	kɛl **quel**	kɛl **quels**
陰性	kɛl **quelle**	kɛl **quelles**

疑問形容詞共有4種型態的變化，不過它們的發音全都一樣。

疑問形容詞的**2種**使用方法

① 和**être**(ɛtr)一起用，詢問和**後面名詞**相關的問題。

（être請參考p. 48, 50，疑問形容詞的使用方法2請參考p. 90）

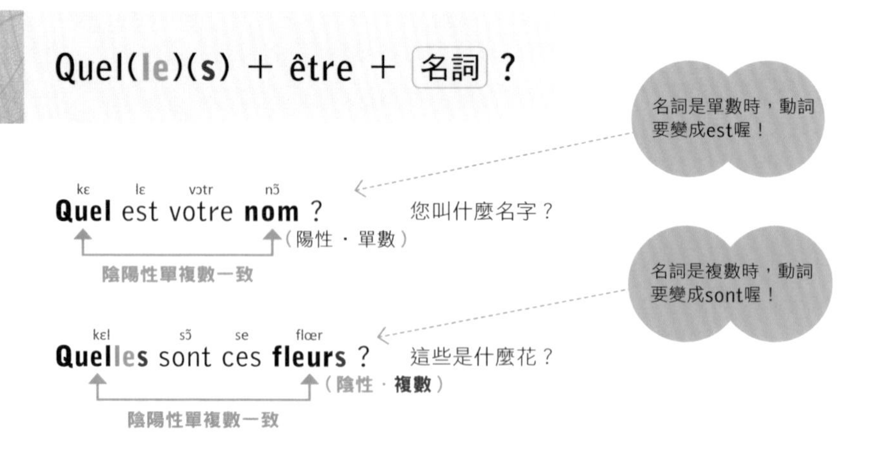

Exercices 33
練習問題 33

【1】圈出適當的答案。

請注意**陰陽性**及**單複數**要與**名詞配合**喔！

① (Quel　Quelle) est ton adresse ?

② (Quels　Quelles) sont ces légumes ?

③ (Quel　Quelle) est cet oiseau ?

【2】將劃線部分代換成（　）內的名詞，重新寫出完整的句子。

① Quelle est votre adresse ? (numéro de téléphone)
你的地址是？

____

② Quel est ce film ? (chansons)
這是部什麼電影？

____

指示形容詞**ce**也要**配合名詞**喔！（p. 62）

p.87 解答

用「差～分～點」的說法時，請記得要**往後推1小時**喔！

【1】① moins ② cinq ③ midi
【2】① Maintenant, il est **trois** heures **moins le quart**.
② Il est **minuit** juste.

疑問形容詞 II

Quel âge avez-vous ? – J'ai vingt ans.

(kɛ laʒ ave vu / ʒɛ vɛ̃ tɑ̃)

請問您幾歲？ —我20歲。

② 放在**名詞前面**，詢問和**該名詞**相關的問題。

（疑問形容詞的使用方法1請參考p. 88）

Quel(le)(s) + 名詞 ... ?

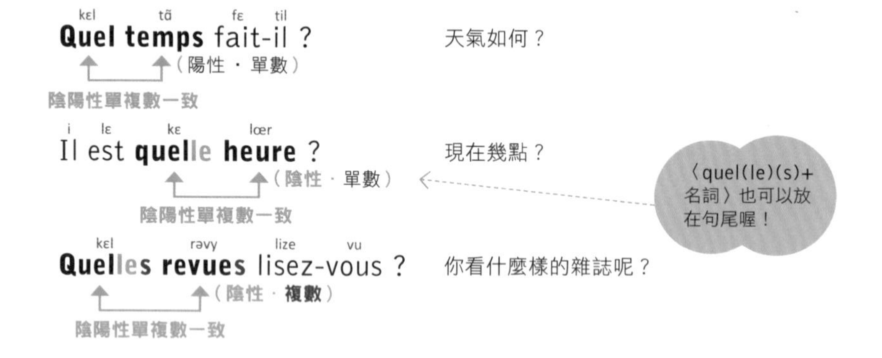

➤動詞筆記◀

lir lire 閱讀	ʒə li je lis	nu lizɔ̃ nous lisons
	ty li tu lis	vu lize vous lisez
	il li il lit	il liz ils lisent
	ɛl li elle lit	ɛl liz elles lisent

Exercices 34
練習問題 34

【1】圈出適當的答案。

① Tu as (quel　quelle) âge ?

② (Quels　Quelles) revues lis-tu ?

③ Ils regardent (quels　quelles) films ?

【2】參考例句，寫出以1與2為回答的疑問句，並翻譯出中文。

例：J'aime les roses.
Quelles fleurs aimes-tu ? ／ Tu aimes quelles fleurs ?
你喜歡什麼樣的花？

① Il fait très beau.

____

② Il est trois heures et demie.

____

p.89 解答

【1】① Quelle　② Quels　③ Quel
【2】① **Quel** est votre **numéro de téléphone** ?
② **Quelles sont ces chansons** ?

chansons是複數形，所以必須用ces才對喔！（p.62）

動詞 aller

ʒə vɛ a pari

Je vais à Paris.

我要去巴黎。

ale

aller是不規則的動詞變化。

去～

ʒə je	vɛ vais	nu nous	zalɔ̃ allons
ty tu	va vas	vu vous	zale allez
il il	va va	il ils	vɔ̃ vont
ɛl elle	va va	ɛl elles	vɔ̃ vont

劃線部分和avoir「有～」的變化很類似喔！

j'	ai	nous	avons
tu	as	vous	avez
il	a	ils	ont
elle	a	elles	ont

主詞為on時要使用此種形態喔！

vu zale a nis dəmɛ̃ — wi ʒə vɛ a nis dəmɛ̃

Vous **allez à** Nice demain ? — Oui, je **vais à** Nice demain.

你明天要去尼斯嗎？ 是的，我明天要去尼斯。

ale bjɛ̃

⚠ aller bien是「很好」的意思。

ty va bjɛ̃ — wi ʒə vɛ trɛ bjɛ̃

Tu vas bien ? — Oui, je vais très bien.

你好嗎？ 嗯，我很好。

（其他招呼語請參考p. 8）

Exercices 35
練習問題 35

【1】圈出適當的動詞型態。

① Ils (vas　va　vont) à la Gare de Lyon.

② On (vais　vas　va) à Londres en TGV.　※en TGV：搭乘TGV

③ Vous (allons　allez　vont) bien ?

【2】用法文造句。

① 我們明天要去巴黎。

____

② 你好嗎？—嗯，我很好。

____

有關天氣與時間的說法，你都學會了嗎？

p.91 解答

【1】① quel　② Quelles　③ quels
【2】① **Quel temps** fait-il ? / Il fait **quel temps** ?　天氣怎麼樣？
② **Quelle heure** est-il ? / Il est **quelle heure** ?　現在幾點？

fɛt

FÊTES

節慶，節日

法國最著名的節日（les fêtes [le fɛt]）就是國慶日（la fête nationale [la fɛt nasjɔnal]），也就是7 月14日的革命紀念日（le 14 juillet [lə katɔrz ʒɥijɛ]）。到了這一天，法國各地都有施放煙火（le feu d'artifice [lə fø dartifis]）的活動。此外，法國總統也會在香榭大道（l'avenue des Champs-Élysées [lavny de ʃɑ̃zelize]）舉辦大規模閱兵。

MP3 46

日期的說法

lə kɔ̃bjɛ̃ sɔm nu oʒurdɥi
Le combien sommes-nous aujourd'hui ?
今天幾月幾日？

nu sɔm lə katɔrz ʒɥijɛ
— Nous sommes **le 14 juillet**.
今天是7月14日。

這是「革命紀念日」的一般說法。

sɛ lə prəmje ʒɑ̃vje
C'est **le 1er (premier)** janvier.
今天是1月1日。

「1日」用的是 **premier**（第一的）這樣的說法。

le mwa
Les mois 月

1月	janvier [ʒɑ̃vje]	2月	février [fevrije]	3月	mars [mars]
4月	avril [avril]	5月	mai [mɛ]	6月	juin [ʒɥɛ̃]
7月	juillet [ʒɥijɛ]	8月	août [ut]	9月	septembre [sɛptɑ̃br]
10月	octobre [ɔktɔbr]	11月	novembre [nɔvɑ̃br]	12月	décembre [desɑ̃br]

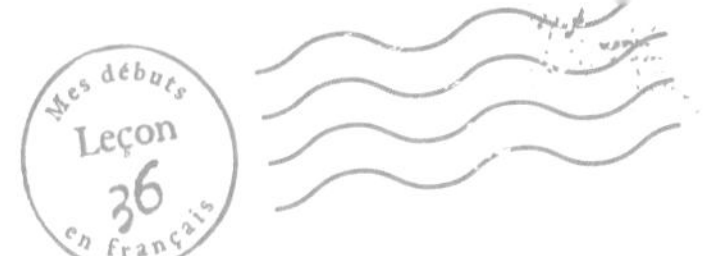

介系詞à與定冠詞le, les的縮寫

ʒə vɛ o myze dorse

Je vais **au** musée d'Orsay.

我要去奧塞美術館。

介系詞à (a) 之後如果接的是le (lə) 或les (le) 時，要分別縮寫成au (o) 或aux (o)。

（介系詞à：到～，在～的意思）

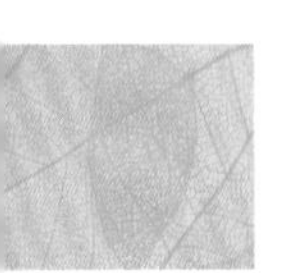

à ＋ le 單數名詞 ⇒ au 單數名詞

碰到〈à+la〉和〈à+l'〉則不須改變喔！

Nous allons ~~à le~~ Japon. ⇒ Nous allons **au** Japon.
nu zalɔ̃ o ʒapɔ̃
我們要去日本。

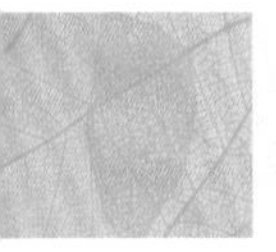

à ＋ les 複數名詞 ⇒ aux 複數名詞

Je vais ~~à les~~ États-Unis. ⇒ Je vais **aux** États-Unis.
ʒə vɛ o zetazyni
我要去美國。

⚠ 陰性國名使用en (ɑ̃)，不加冠詞。

Je vais **en** France. 我要去法國。
ʒə vɛ ɑ̃ frɑ̃s

碰到nous與vous時是y而非i喔！

動詞筆記

voir (vwar) 看見，碰見	je (ʒə) vois (vwa)	nous (nu) voyons (vwajɔ̃)
	tu (ty) vois (vwa)	vous (vu) voyez (vwaje)
	il (il) voit (vwa)	ils (il) voient (vwa)
	elle (ɛl) voit (vwa)	elles (ɛl) voient (vwa)

Exercices 36

【1】請訂正下列劃線部分，若無誤請填○。

① Nous voyons un film <u>à la</u> télévision. (　　　)

② Je vais <u>à les</u> Champs-Élysées. (　　　)

③ Je visite les musées jusqu'<u>à le</u> soir. (　　　)

【2】將詞語重新排列，寫出正確的句子。

① 我們今晚要去看電影。

allons　cinéma　Nous　ce　au　soir

____.

② 我父親明天抵達美國。

demain　Mon　arrive　États-Unis　père　aux

____.

有兩個不同
的意思喔！

p.93 解答

【1】① vont　② va　③ allez

【2】① Nous 　　Paris demain. / On 　　Paris demain.

② Tu 　　bien ? — Oui, je 　　très bien.

動詞 venir

 48

ʒə vjɛ̃ də tɔkjɔ
Je viens de Tokyo.
我來自東京。

vənir
venir是不規則的動詞變化。

主詞 ＋ venir de（d'）＋ 名詞
來自（從～來）

ʒə je	vjɛ̃ viens	nu nous	vənɔ̃ venons
ty tu	vjɛ̃ viens	vu vous	vəne venez
il il	vjɛ̃ vient	il ils	vjɛn viennent
ɛl elle	vjɛ̃ vient	ɛl elles	vjɛn viennent

碰到ils, elles時，動詞要重複兩次n。

主詞為on時要使用此種形態喔！

vu vəne də pari — wi ʒə vjɛ̃ də pari
Vous venez **de** Paris ? — Oui, je viens **de** Paris.
您來自巴黎嗎？ 是的，我來自巴黎。

〈venir de(d')+地名〉也有「來自～」或「～出產」的意思。

【1】圈出適當的動詞型態

① Ils (vient venons viennent) de Nice.

② Tu (viens vient venez) de la Gare de Lyon ?

③ Ce vin (viens vient viennent) de Bordeaux.

※Bordeaux（波爾多）：法國西南部的葡萄酒產地

【2】用法文造句。

① 您來自東京嗎？ －是的，我來自東京。

____

____

② 這個乳酪(fromage)是卡門貝爾(Camembert)產的。（來自卡門貝爾）

※Camembert ：法國北部地名

____

à後面若接le或les，
就要變成 或 喔！

p.97 解答

【1】① ○ ② aux ③ au
【2】① Nous allons au cinéma ce soir.
② Mon père arrive aux États-Unis demain.

介系詞de與定冠詞le, les的縮寫

MP3 49

ʒə vjɛ̃ dy ʒapɔ̃

Je viens du Japon.

我來自日本。

若介系詞de（də）後面接的是le（lə）或les（le）時，就要將它們分別變成du（dy）或des（de）。（介系詞de的意思：從～，～的，關於～）

de ＋ le 單數名詞 ⇒ du 單數名詞

〈de+la〉和〈de+l'〉不需要改變。

Nous venons ~~de le~~ Japon. ⇒ Nous venons du Japon.
（nu vənɔ̃ dy ʒapɔ̃）
我們來自日本。

de ＋ les 複數名詞 ⇒ des 複數名詞

Il vient ~~de les~~ États-Unis. ⇒ Il vient des États-Unis.
（il vjɛ̃ de zetazyni）
他來自美國。

⚠ 國名若為陰性時，不加冠詞。

Il vient **de** France.（il vjɛ̃ də frɑ̃s） 他來自法國。

〈venir de(d')+地名〉也有「來自～」或「～出產」的意思。

➤動詞筆記≺

connaître（kɔnɛtr）
知道，認識

請注意這裡的 î 喔！

je connais（ʒə kɔnɛ）	nous connaiss**ons**（nu kɔnesɔ̃）
tu connais（ty kɔnɛ）	vous connaiss**ez**（vu kɔnese）
il connaît（il kɔnɛ）	ils connaiss**ent**（il kɔnɛs）
elle connaît（ɛl kɔnɛ）	elles connaiss**ent**（ɛl kɔnɛs）

【1】請訂正下列劃線部分，若無誤請填○。

① Tu visites l'avenue de les Champs-Élysées ?　　(　　)

② Nous venons de l'école.　　(　　)

③ Connaissez-vous le musée de le Louvre ?　　(　　)

【2】將詞語重新排列，寫出正確的句子。

① 請問您知道香榭大道嗎？

vous　des　l'avenue　Connaissez-　Champs-Élysées

______________________________ ?

② 她們來自法國。（←從法國來）

France　viennent　Elles　de

______________________________ .

p.99 解答

【1】① viennent ② viens ③ vient

【2】① Vous　Tokyo ? — Oui, je　Tokyo.

② Ce fromage　Camembert.

詢問「地點」的疑問詞

MP3 50

Où est la place de la Concorde ?

u ɛ la plas / də la kɔ̃kɔrd

請問協和廣場在哪裡？

當動詞是être（p. 48）時不使用這個說法。

où（u）是詢問「哪裡」的疑問詞。

Où ＋ 動詞 ＋ 主詞 ...？
＝ Où **est-ce que（qu'）**＋ 主詞 ＋ 動詞 ...？

Où habitez-vous ? = Où **est-ce que** vous habitez ?
u abite vu / u ɛ s kə vu zabite
請問您住哪裡？

主詞為代名詞時，動詞與主詞要用-結合。

日常會話中經常將où置於句尾。例：Vous habitez où ?
vu zabite u

Où sont les toilettes ?
u sɔ̃ le twalɛt
請問廁所在哪裡？

d'où（du）是「從哪裡」的意思。

D'où venez-vous ? — Je viens du Japon.
du vəne vu ʒə vjɛ̃ dy ʒapɔ̃
請問您是從哪裡來的？ 我是從日本來的。

➤動詞筆記◀

savoir（savwar） 知道

je sais（ʒə sɛ）	nous savons（nu savɔ̃）
tu sais（ty sɛ）	vous savez（vu save）
il sait（il sɛ）	ils savent（il sav）
elle sait（ɛl sɛ）	elles savent（ɛl sav）

【1】圈出適當的動詞型態。

① Vous (sais　savons　savez) l'adresse du musée ?

② Je ne (sais　sait　savons) pas.

③ Ils ne (savons　savez　savent) rien.

Je ne sais pas.
是「我不知道」
的意思。

【2】將詞語重新排列，寫出正確的句子。

① 請問羅浮宮在哪裡？

est　le　du　musée　Louvre　Où

____ ?

② 請問您知道這間旅館的地址嗎？

savez　l'adresse　de　Vous　l'hôtel

____ ?

p.101 解答

【1】① des　② ○　③ du

【2】① Connaissez-vous l'avenue des Champs-Élysées ?

② Elles viennent de France.

il faut句型

il fo partir tu də sɥit
Il faut partir tout de suite.

必須馬上出發。

il fo falwar
il faut（動詞原形：falloir）有2種句型。

il faut ＋ 名詞 需要～

il faut的il並沒有「他」或「那個」的意思。

il fo du zœr pur ale a pari
Il faut douze heures pour aller à Paris.
去巴黎需要12個小時。

〈pour + 動詞原形〉是「為了做某事」之意。

il faut ＋ 動詞原形 必須做某事

il fo ʃɑ̃ʒe də trɛ̃ isi
Il faut **changer** de train ici.
必須在這裡轉車。

否定句〈il ne faut pas + 動詞原形〉是「不可以做～」的意思。
il nə fo pa ʃɑ̃ʒe də trɛ̃ isi
Il ne faut pas **changer** de train ici. 不可以在這裡轉車。

動詞筆記

partir
partir 出發

同類型的動詞還有sortir「外出」和dormir「睡覺」。

ʒə par je pars	nu partɔ̃ nous partons
ty par tu pars	vu parte vous partez
il par il part	il part ils partent
ɛl par elle part	ɛl part elles partent

〈 + 〉是「為了做某事」之意。

【1】填入適當的語詞。

① 兌換外幣需要有您的護照。

(   ) faut votre passeport pour changer de l'argent.

② 我得趕快回家。

Il (   ) rentrer tôt à la maison.

【2】將詞語重新排列，寫出正確的句子。

① 我得馬上回家。

rentrer   faut   de   Il   suite   tout

____ .

② 買電腦需要錢。

pour   faut   un ordinateur   de l'argent   acheter   Il

____ .

③ 這裡不可以吸煙。

ne   pas   faut   Il   ici   fumer

____ .

p.103 解答

【1】① savez ② sais ③ savent

【2】① Où est le musée du Louvre ? ② Vous savez l'adresse de l'hôtel ?

詢問「何時」的疑問詞

MP3 52

kɑ̃ parte vu

Quand partez-vous

pur lə ʒapɔ̃

pour le Japon ?

您何時出發去日本呢？

kɑ̃

quand是詢問「何時」的疑問詞

Quand ＋ 動詞 ＋ 主詞 …？

＝ Quand **est-ce que（qu'）**＋ 主詞 ＋ 動詞 …？

主詞為代名詞時，動詞與主詞要用-結合。

kɑ̃ parte vu

Quand partez-vous ? 您何時出發呢？

kɑ̃ dɛ s kə vu zarive

Quand **est-ce que** vous arrivez ? 您何時抵達呢？

kɑ̃ vu zarive kɑ̃

日常會話中經常將quand置於句尾。Vous arrivez quand ?

dəpɥi kɑ̃

depuis quand是「從何時」的意思。

dəpɥi kɑ̃ aprɑ̃ ty lə frɑ̃sɛ dəpɥi avril

Depuis quand apprends-tu le français ? — Depuis avril.

你從何時開始學法文的呢？ 從4月開始的。

➤ 動詞筆記 ◀

aprɑ̃dr

apprendre 學習

和prendre（p.78）、comprendre「理解」是同類型的動詞。

ʒa prɑ̃ j' apprends	nu zaprənɔ̃ nous apprenons
ty aprɑ̃ tu apprends	vu zaprəne vous apprenez
i laprɑ̃ il apprend	il zaprɛn ils appre**n**nent
ɛ laprɑ̃ elle apprend	ɛl zaprɛn elles appre**n**nent

【1】圈出適當的動詞型態。

① Tu (apprends　apprend　apprenons) le français ?

② Je ne (comprend　comprennent　comprends) pas.

③ On (prenons　prend　prenez) un café ?

【2】將詞語重新排列，寫出正確的句子。

全都為同類型的動詞喔！

① 你何時會抵達巴黎呢？

est-ce que　arrives　à　tu　Paris　Quand

______________________________ ?

② 您從何時開始學法文的呢？

quand　apprenez-　Depuis　vous　le français

______________________________ ?

的句型有兩種喔。

p.105 解答

【1】① Il　② faut

【2】① Il faut rentrer tout de suite.

② Il faut de l'argent pour acheter un ordinateur.

③ Il ne faut pas fumer ici.

Leçon 42

加強語氣代名詞

MP3 53

ty vjɛ̃ avɛk mwa

Tu viens avec moi ?

要不要和我一起來？

加強語氣代名詞，可放在介系詞或c'est(sɛ)之後，也可以放在主詞代名詞的前面。

主　詞	je	tu	il	elle	nous	vous	ils	elles
加強語氣	mwa moi	twa toi	lɥi lui	ɛl **elle**	nu **nous**	vu **vous**	ø eux	ɛl **elles**

與主詞不同型態的有4 種喔。

介系詞之後

ʒɑ̃ ɛ ʃe lɥi

Jean est **chez** lui.　Jean在他（自己的）家。

c'est之後

sɛ twa sɔfi

C'est toi, Sophie ?　是妳嗎，Sophie ？

主詞代名詞之前（強調主詞）

ty a fɛ̃ nɔ̃ mwa ʒɛ swaf

Tu as faim ? — Non. Moi, **j'**ai soif.

肚子餓了嗎？　不，我口渴了。

➤ 文法筆記◀

加強語氣也可以這樣用：

ʒə prɑ̃ œ̃ kafe e vu

Je prends un café. **Et** vous ?（←**et**之後）

我來杯咖啡。 那你們呢？

nu ɔsi

— Nous **aussi**.（←**aussi**之前）

我們也一樣。

【1】填入適當的語詞。

① 這是給您的禮物。

C'est un cadeau pour (　　　　　　).

②（看著照片）這是他，Pierre。

C'est (　　　　　　), Pierre.

③ 我要去看電影喔！ 我也要！

Je vais au cinéma. — (　　　　　　) aussi.

【2】將詞語重新排列，寫出正確的句子。

① 我的父母在自己家裡（＝他們的家）。

parents　chez　Mes　eux　sont

____ .

② 你呢？ 喝啤酒嗎？

tu　de la　prends　bière　Toi,

____ ?

p.107 解答

【1】① apprends ② comprends ③ prend

【2】① Quand est-ce que tu arrives à Paris ?

② Depuis quand apprenez-vous le français ?

-ir動詞

54

ʒə ʃwazi lə məny
Je choisis le menu

a trɑ̃ tøro
à trente euros.

我選30歐元的套餐料理。

大部分原形動詞字尾是-ir的單字，它的變化是將字尾的r去掉，再隨著主詞加上不同字尾。

不變的部分 / 變化的部分

ʃwazi r
choisi r 選擇

不同主詞的字尾			
ʒə **je**	不發音 -s	ʒə je	ʃwazi choisis
ty **tu**	不發音 -s	ty tu	ʃwazi choisis
il **il**	不發音 -t	il il	ʃwazi choisit
ɛl **elle**	不發音 -t	ɛl elle	ʃwazi choisit

不同主詞的字尾			
nu **nous**	sɔ̃ -ssons	nu nous	ʃwazisɔ̃ choisissons
vu **vous**	se -ssez	vu vous	ʃwazise choisissez
il **ils**	s -ssent	il ils	ʃwazis choisissent
ɛl **elles**	s -ssent	ɛl elles	ʃwazis choisissent

主詞為on時要使用此種形態喔！

kɛl məny ʃwazise vu
Quel menu choisissez-vous ?
您要選哪種套餐料理呢？

單字筆記

字尾變化相同的動詞

finir
finir 完成，結束

reysir a
réussir à ... …獲得成功

【1】寫出finir的動詞變化。

finir

① je ________ ② nous ________

③ tu ________ ④ vous ________

⑤ il ________ ⑥ ils ________

⑦ elle ________ ⑧ elles ________

【2】圈出適當的動詞型態。

Ton cours (finis finissent finit) à quelle heure ?

【3】用指定的主詞改寫下列句子。

① Je choisis ce vin blanc. (Nous)
我選這個白酒。

____

② Tu réussis à tes examens. (Vous)
你通過考試。

____

p.109 解答

【1】① vous ② lui ③ Moi
【2】① Mes parents sont chez eux. ② Toi, tu prends de la bière ?

動詞pouvoir

ʒə nə pø pas

Je ne peux pas.

我做不到（我不會）。

puvwar
pouvoir是不規則的動詞變化。

pouvoir ＋ 動詞原形

會～，可以，做得到

ʒə pø je peux	nu puvɔ̃ nous pouvons
ty pø tu peux	vu puve vous pouvez
il pø il peut	il pœv ils peuvent
ɛl pø elle peut	ɛl pœv elles peuvent

pouvoir後面的動詞原形也可以省略。

pø ty sɔrtir sə swar
Peux-tu **sortir** ce soir ? 你今晚能外出嗎？

wi ʒə pø sɔrtir
— Oui, je peux（sortir）. 嗯，可以（外出）啊。

nɔ̃ ʒə nə pø pa sɔrtir
— Non, je **ne** peux **pas**（sortir）. 不，我不能（外出）。

puvwar nə pa
變否定句的方法→ 將pouvoir夾在**ne**和**pas**之間。

ɛ s kə ʒə pø ɛsɛje
Est-ce que **je** peux essayer ? 可以試穿嗎？

以je或nous為主詞的疑問句，也可當作「可以做～嗎？」的意思。

【1】填入適當的pouvoir動詞型態。

① Claire可以準時抵達嗎？

Claire (   ) arriver à l'heure ?

② （在店裡）可以看一下嗎？

Est-ce que nous (   ) regarder ?

③ 你這個週日可以過來嗎？

(   )-tu venir dimanche prochain ?

【2】將詞語重新排列，寫出正確的句子。

① 我不能出發。

Je partir ne pas peux

____.

② 您可以說慢一點嗎？

vous lentement pouvez Est-ce que parler

____?

p.111 解答

【1】① je fini ② nous fini ③ tu fini ④ vous fini
⑤ il fini ⑥ ils fini ⑦ elle fini ⑧ elles fini

【2】finit

【3】① ce vin blanc. ② à examens.

動詞vouloir

 56

ty vø dy te

Tu veux du thé ?

wi ʒə vø bjɛ̃

– Oui, je veux bien.

想喝點茶嗎？ 好阿！

vulwar

vouloir是不規則的動詞變化

vouloir ＋ 動詞原形 ／ 名詞

想做～，想要～

ʒə je	vø veux	nu nous	vulɔ̃ voulons
ty tu	vø veux	vu vous	vule voulez
il il	vø veut	il ils	vœl veulent
ɛl elle	vø veut	ɛl elles	vœl veulent

nu vulɔ̃ ale a vɛrsaj

Nous voulons **aller** à Versailles.

我們想去凡爾賽宮。

vule vu fɛrme la pɔrt

Voulez-**vous fermer** la porte ?

麻煩您幫我關個門好嗎？

以tu或vous為主詞的疑問句，也可以當作「麻煩你（您）幫我～」的意思。

vulwar nə pa

變否定句的方法→ 將vouloir夾在**ne**和**pas**之間。

il nə vø pa vwar sə film

Il **ne** veut **pas** voir ce film.

他不想看這部電影。

Exercices 46

【1】填入適當的vouloir動詞型態。

① 她們很想去海邊。

Elles (   ) aller à la mer.

② 我們不想外出。

Nous ne (   ) pas sortir.

③ 和我一起吃午餐如何？

(   )-tu déjeuner avec moi ?

【2】將詞語重新排列，寫出正確的句子。

① 我想買這條裙子。

veux　Je　jupe　cette　acheter

____ .

② 麻煩您幫我拿這個行李箱好嗎？

Voulez-　cette　porter　vous　valise

____ ?

p.113 解答

【1】① peut　② pouvons　③ Peux

【2】① Je ne peux pas partir.

② Est-ce que vous pouvez parler lentement ?

請注意否定句　與
　的位置！

詢問「數量」的疑問詞

vu zɛt kɔ̃bjɛ̃

Vous êtes combien ?

請問有幾位？

kɔ̃bjɛ̃
combien是詢問「幾個，多少」的疑問詞。

Combien ＋ 動詞 ＋ 主詞 …？
＝ 主詞 ＋ 動詞 ＋ combien ？

kɔ̃bjɛ̃ ɛt vu dɑ̃ vɔtr famij
Combien êtes-vous dans votre famille ?
請問您家裡有幾個人？

nu sɔm sis
— Nous sommes six.
（我們）有6人。

（數字的說法請參考p.35,151）

kɔ̃bjɛ̃ də
combien de（d'）是「幾個的，多少的」之意。

Combien de（d'）名詞 ＋ 動詞 ＋ 主詞 …？

kɔ̃bjɛ̃ də pɔm vule vu
Combien de pommes voulez-vous ?
您想要幾個蘋果？

sɛ̃k sil vu plɛ
— Cinq, s'il vous plaît.
請給我5個。

【1】想想詞語的順序，填入適當的疑問詞。

① 請問有幾位？
( ) êtes-vous ?

② 你帶了多少錢呢？
( ) argent as-tu ?

【2】將詞語重新排列，寫出正確的句子。

① 你有幾個兄弟姊妹呢？
frères et sœurs Combien tu as- de

______________________________ ?

② 一個長棍麵包多少錢？
Une combien est baguette, c'

______________________________ ?

「多少錢？」的說法請參考p. 9。

p.115 解答

【1】① veulent ② voulons ③ Veux
【2】① Je veux acheter cette jupe.
② Voulez-vous porter cette valise ?

動詞的命令式 I

atɑ̃de œ̃ pø

Attendez un peu.

請（您）稍等。

拿掉主詞的tu, nous, vous，就可變為命令式。

〈現在式〉		〈命令式〉
ty atɑ̃ Tu attends ...	⇒	atɑ̃ Attends ... 等～！（**對tu下命令**）
nu zatɑ̃dɔ̃ Nous attendons ...	⇒	atɑ̃dɔ̃ Attendons ... 等～吧！（**對nous下命令**）
vu zatɑ̃de Vous attendez ...	⇒	atɑ̃de Attendez ... 請等～。 / 等～！（**對vous下命令**）

變否定命令式的方法→ 將動詞夾在**ne**(**n'**)和**pas**之間。（nə pa）

atɑ̃dɔ̃ lə bys — Attendons le bus. ⇒ natɑ̃dɔ̃ pa lə bys — **N'**attendons **pas** le bus.

（我們）等公車吧！　　（我們）不要等公車吧！

動詞筆記

atɑ̃dr — attendre 等待

ʒa tɑ̃	j' attends	nu zatɑ̃dɔ̃	nous attendons
ty atɑ̃	tu attends	vu zatɑ̃de	vous attendez
i latɑ̃	il attend	il zatɑ̃d	ils attendent
ɛ latɑ̃	elle attend	ɛl zatɑ̃d	elles attendent

其他同類型的動詞還有entendre「聽見」，vendre「賣」等。

請注意文中
強調的命令式！

依照中文的命令語氣，寫出正確的動詞形態。

依據「 」
有2種回答，請參考
p. 40。

① 在第一條街道右轉！

____________________ la première rue à droite. (prendre)

② **請不要**大聲說話。

____________________ fort. (parler)

命令形的前後，
記得加上
喔！

③ **請**從主菜當中選擇一種。

____________________ un plat. (choisir)

④ 一起出門**吧！**

____________________ ensemble. (sortir)

⑤ **請不要**照相。

____________________ de photos. (prendre)

p.117 解答

de
要變成 喔！

【1】① Combien ② Combien d'
【2】① Combien de frères et sœurs as-tu ?
② Une baguette, c'est combien ?

動詞的命令式 II

fɛrm la pɔrt

Ferme la porte,

sil tə plɛ

s'il te plaît.

請關門！

ty ale

對tu的命令式，-er動詞與aller字尾的s會消失不見。

（-er動詞請參考p. 42，aller請參考p. 92）

〈原形〉		〈現在式〉		〈命令式〉
fɛrme fermer	⇒	ty fɛrm Tu fermes ...	⇒	fɛrm la pɔrt Ferme la porte. 關門！
ale aller	⇒	ty va Tu vas ...	⇒	va a lɔpital Va à l'hôpital. 去醫院！

沒有s喔。

請注意s和t的部分。

➤動詞筆記◀

dir
dire 說，講

ʒə di je dis	nu dizɔ̃ nous disons
ty di tu dis	vu dit vous dites
il di il dit	il diz ils disent
ɛl di elle dit	ɛl diz elles disent

依照中文的命令語氣，寫出正確的動詞形態。

依據「 」有2種回答，請參考p. 40。

① 往左轉！

________________ à gauche.（ tourner ）

② 講事實！

________________ la vérité.（ dire ）

這裡的命令式要加上 和 ，喔！（p.66）

③ 不要再吸煙了**吧**！

________________________ .（ fumer ）

④ 直直走！

________________ tout droit.（ aller ）

⑤ **請**不要在這裡使用行動電話！

________________________ de portable ici.（ utiliser ）

p.119 解答

① Prends（對tu下命令）/ Prenez（對vous下命令）
② Ne parlez pas ③ Choisissez ④ Sortons ⑤ Ne prenez pas

Leçon 49

與「即將發生的未來」相關的說法

MP3 60

lə trɛ̃ va arive a pari

Le train va arriver à Paris.

那輛火車即將抵達巴黎。

用aller（ale）來表達「即將發生之未來」的說法。

（aller請參考p.92）

主詞 ＋ aller現在形 ＋ 動詞原形 …

即將要做～

il vɔ̃ partir pur tɔkjɔ

Ils vont **partir** pour Tokyo.

他們正要出發去東京。

用不同的主詞，在意義上也會有所不同。

ʒə nu

je, nous做為主詞時：打算做～（意圖）

ʒə vɛ aʃte yn vwatyr

Je vais **acheter** une voiture. 我打算買車。

ty vu

tu, vous做為主詞時：請做～（委婉命令）

vu zale prɑ̃dr œ̃ taksi

Vous allez **prendre** un taxi. 請坐計程車。

文法筆記

〈aller ＋ 動詞原形〉也有「去做～」的意思。

ʒə vɛ aʃte dy pɛ̃

Je vais **acheter** du pain. 我要去買麵包。

【1】填入適當的aller動詞型態。

① 我正要去坐地鐵。

Je (　　　　　　) prendre le métro.

② 他打算5月出發前往中國。

Il (　　　　　　) partir pour la Chine en mai.

③ 您打算去買葡萄酒嗎？

Vous (　　　　　　) acheter du vin ?

【2】將詞語重新排列，寫出正確的句子。

① 好好參觀這些美術館喔。

musées　Tu　visiter　ces　vas

____.

② 我們打算看那部電影。

allons　ce　Nous　film　voir

____.

p.121 解答

① Tourne（對tu下命令）/ Tournez（對vous下命令）
② Dis（對tu下命令）/ Dites（對vous下命令）　③ Ne fumons plus
④ Va（對tu下命令）/ Allez（對vous下命令）　⑤ N'utilisez pas

對tu使用命令形時，-er動詞與aller會消失。

與「最近的過去」相關的說法

 61

lə trɛ̃ vjɛ̃ də partir
Le train vient de partir.

那輛火車才剛出發。

用 venir（vənir）來表達「剛剛發生（最近的過去）」的說法。

（venir 請參考p. 98）

主詞 ＋ venir現在形 ＋ de（d'） 動詞原形 …

才剛做了～

nu vənɔ̃ də dine
Nous venons de **dîner**.
我們才剛吃完晚餐。

ɛl vjɛ̃ davwar vɛ̃ tɑ̃
Elle vient d'**avoir** vingt ans.
她才剛滿20歲。

後面接的是母音字，所以是d'。

（數字的說法請參考p.35,151）

文法筆記！

〈venir ＋ 動詞原形 （沒有de）〉是「來做～」的意思。

il vjɛn dine ʃe mwa
Ils viennent **dîner** chez moi.
他們來我家吃晚餐。

【1】填入適當的venir動詞型態。

表達「　　」，要再加一個字喔！

① 我才剛回家。

Je (　　　　　　　　　　) rentrer.

② 您才剛吃完晚餐嗎？

Vous (　　　　　　　　　　) dîner ?

③ Paul 和Marie才剛抵達。

Paul et Marie (　　　　　　　　　　) arriver.

【2】將詞語重新排列，寫出正確的句子。

① 我們才剛造訪過巴黎。

Paris　de　venons　Nous　visiter

______________________________ .

② 他來見我的父母。

vient　parents　Il　voir　mes

______________________________ .

p.123 解答

【1】① vais　② va　③ allez
【2】① Tu vas visiter ces musées.　② Nous allons voir ce film.

詢問「誰」的疑問詞

ki vjɛ̃ sə swar

Qui vient ce soir ?

今天晚上是誰要來？

ki
qui是詢問「誰」的疑問詞。

qui當主詞時，動詞變化用il, elle時的型態喔！

Qui（＝主詞）＋ 動詞 ...？

ki vjɛ̃ sə swar / pjɛr e mari vjɛn

Qui vient ce soir ? — Pierre et Marie viennent.

今天晚上是誰要來？ Pierre和Marie。

Qui ＋ 動詞 ＋ 主詞 ...？

＝ Qui **est-ce que（qu'）**＋ 主詞 ＋ 動詞 ...？

ki ʃɛrʃ ty / ki ɛ s kə ty ʃɛrʃ

Qui cherches-tu ? ＝ Qui **est-ce que** tu cherches ?

你在找誰呢？

ʒə ʃɛrʃ məsjø dypɔ̃

— Je cherche Monsieur Dupont.

我在找Dupont先生。

日常會話中經常會把qui（ki）置於句尾。

ty ʃɛrʃ ki / ʒə ʃɛrʃ mari

Tu cherches qui ? — Je cherche Marie.

你在找誰呢？ 我在找Marie。

【1】想想疑問句的意思，再填入適當的動詞型態。

① 您在找誰？

Qui ______________ -vous ? (chercher)

② 請問哪位？（隔著門）是誰在那裡？

Qui ______________ là ? (être)

【2】將詞語重新排列，寫出正確的句子。

① 你今晚和誰見面？

vois-　Qui　ce　soir　tu

____ ?

② 誰在走廊說話？

le　parle　Qui　dans　couloir

____ ?

③ 他們在這裡等誰？

ils　Qui　attendent　ici　est-ce qu'

____ ?

p.125 解答

【1】① viens de ② venez de ③ viennent d'

【2】① Nous venons de visiter Paris. ② Il vient voir mes parents.

詢問「東西，物品」的疑問詞

kə prəne vu
Que prenez-vous

kɔm bwasɔ̃
comme boisson ?

請問您要喝什麼飲料？

kə
que（qu'）是詢問「什麼」的疑問詞。

Que（Qu'）＋ 動詞 ＋ 主詞 …？
＝ Qu'**est-ce que**（**qu'**）＋ 主詞 ＋ 動詞 …？

kə prɑ̃ ty kɔm bwasɔ̃
Que prends-tu comme boisson ?
kɛ s kə ty prɑ̃ kɔm bwasɔ̃
＝ Qu'**est-ce que** tu prends comme boisson ?
你要喝什麼飲料？

ʒə prɑ̃ dy vɛ̃
— Je prends du vin.
我喝葡萄酒。

kɛ s kə sɛ
Qu'**est-ce que** c'est ? 詢問和那樣東西相關的問題。

kɛ s kə sɛ sɛ tœ̃ kado
Qu'**est-ce que** c'est ? — C'est un cadeau.
這是什麼？ 這是一個禮物。

注意一下v
的地方喔！

➤ 動詞筆記 ◀

ekrir
écrire 寫

ʒe kri j' écris	nu zekrivɔ̃ nous écri**v**ons
ty ekri tu écris	vu zekrive vous écri**v**ez
i lekri il écrit	il zekriv ils écri**v**ent
ɛ lekri elle écrit	ɛl zekriv elles écri**v**ent

【1】想想語句的順序，再填入適當的疑問詞。

① 請問有什麼點心？

(　　　　　　　　　　　　) vous avez comme dessert ?

② 你這個週末要做什麼呢？

(　　　　　　　　　　　　) fais-tu ce week-end ?

③ 他在寫什麼？

(　　　　　　　　　　　　) il écrit ?

【2】將詞語重新排列，寫出正確的句子。

comme 有「作為～」、「當作～」的意思。

① 您要選什麼作為主菜呢？

comme　Que　plat　choisissez-　vous

______________________________ ?

② 以（作為）運動來說，你喜歡什麼？

comme　tu　Qu'est-ce que　aimes　sport

______________________________ ?

p.127 解答

動詞變化用il, elle時的型態喔！

【1】① cherchez　② est

【2】① Qui vois-tu ce soir ?　② Qui parle dans le couloir ?
③ Qui est-ce qu'ils attendent ici ?

動詞devoir

vu dəve aʃte le bijɛ isi

Vous devez acheter les billets ici.

您必須在這裡買票。

dəvwar

devoir是不規則的動詞變化。

devoir ＋ 動詞原形

必須做～

ʒə je	dwa doi**s**	nu nous	dəvɔ̃ dev**ons**
ty tu	dwa doi**s**	vu vous	dəve dev**ez**
il il	dwa doi**t**	il ils	dwav doiv**ent**
ɛl elle	dwa doi**t**	ɛl elles	dwav doiv**ent**

ʒə dwa ʃɑ̃ʒe de jɛn

Je dois **changer** des yens.

我必須兌換日幣。

dəvwar nə pa

否定句要將devoir夾在**ne**與**pas**中間，變成「不可以做～」的意思。

vu nə dəve pa prɑ̃dr də fɔto dɑ̃ legliz

Vous **ne** devez **pas** prendre de photos dans l’église.

教堂裡不可以照相。

否定的de請參考p. 68。

【1】填入適當的devoir動詞型態。

① 你必須完成作業。

Tu (   ) finir tes devoirs.

② 他們必須考慮到他們的父母。

Ils (   ) penser à leurs parents.

③ 我們必須馬上出發嗎？

(   )-nous partir tout de suite ?

【2】將詞語重新排列，寫出正確的句子。

① Léa必須在自己家裡（=她家）。

chez　doit　Léa　elle　être

____.

② 你們不可以外出。

pas　ne　sortir　Vous　devez

____.

p.129 解答

【1】① Qu'est-ce que　② Que　③ Qu'est-ce qu'

【2】① Que choisissez-vous comme plat ?

② Qu'est-ce que tu aimes comme sport ?

詢問「方法或狀態」的疑問詞

MP3 65

kɔmɑ̃ ɛ s kɔ̃ di
Comment est-ce qu'on dit
sa ɑ̃ frɑ̃sɛ
ça en français ?

這個用法語怎麼說？

kɔmɑ̃
comment 是詢問「如何～、怎樣～」的疑問詞。

Comment ＋ 動詞 ＋ 主詞 …？
＝ Comment **est-ce que（qu'）**＋ 主詞 ＋ 動詞 …？

kɔmɑ̃ vɔ̃ til a pari
Comment vont-ils à Paris ? 他們如何去巴黎呢？

ɑ̃ trɑ̃ u ɑ̃ navjɔ̃
— En train ou en avion. 搭火車或飛機。

「用～語」用的是en。

kɔmɑ̃ ɛ s kɔ̃ di kəngrætʃəleʃənz ɑ̃ frɑ̃sɛ
Comment **est-ce qu'**on dit《Congratulations》en français ?
「Congratulations（恭喜）」用法語怎麼説？

ɔ̃ di felisitasjɔ̃
— On dit 《Félicitations》. 我們説「Félicitations」。

kɔmɑ̃
日常會話中經常會把comment置於句尾。

lə vɛ̃ ɛ kɔmɑ̃
Le vin est comment ? 那個葡萄酒好喝嗎？

kɔmɑ̃
comment也可用於招呼語。

kɔmɑ̃ tale vu ʒə vɛ bjɛ̃ mɛrsi
Comment allez-vous ? — Je vais bien, merci.
您好嗎？ 我很好，謝謝！

（其他的招呼語請參考p. 8）

將詞語重新排列，寫出正確的句子。

① 你的公寓是什麼樣子的？

ton　est　appartement　Comment

____ ?

② 她是如何到東京來的？

elle　Comment　Tokyo　est-ce qu'　vient　à

____ ?

③「ticket（車票）」用法語怎麼說？

dit-　en　Comment　on　《ticket》　français

____ ?

p.131 解答

【1】① dois　② doivent　③ Devons

【2】① Léa doit être chez elle.

② Vous ne devez pas sortir.

請注意否定句　與
的位置喔！

形容詞比較級

 66

tɔ̃ desɛr ɛ tosi bɔ̃
Ton dessert est aussi bon

kə mɔ̃ desɛr
que mon dessert.

你的點心和我的點心一樣好吃。

形容詞的比較級，是在形容詞的前面加上 plus (ply), aussi (osi), moins (mwɛ̃)，後面加上 que (kə)（qu'）。

plus	(+)	形容詞 + que (qu')...
aussi	(=)	
moins	(−)	

sa vwatyr ɛ kə ma vwatyr
Sa voiture est ___ que ma voiture. 他的車比我的車_____。

plus (ply) grande (grɑ̃d)（較大 較高程度）	(較)大
aussi (osi) grande (grɑ̃d)（一樣大 同等程度）	一樣大
moins (mwɛ̃) grande (grɑ̃d)（較小 較低程度）	(較)小

形容詞的比較級也要配合單複數與陰陽性喔！請參考p. 52。

【1】填入適當的語詞。

① 我的父親比我的母親矮。

Mon père est (　　　　　　) grand que ma mère.

② 今天比昨天冷。

Aujourd'hui, il fait (　　　　　　) froid qu'hier.

③ 法文和英文一樣難嗎？

Le français est (　　　　　　) difficile que l'anglais ?

【2】將詞語重新排列，寫出正確的句子。

這是形容詞，所以在前面要加上「　　　」的字

東京鐵塔比艾菲爾鐵塔高。

La tour de Tokyo　la tour Eiffel　haute　est　plus　que

＿＿＿＿＿＿＿＿＿＿＿＿＿＿＿＿＿＿＿＿＿＿＿＿＿＿＿＿＿＿ .

p.133 解答

① Comment est ton appartement ?
② Comment est-ce qu'elle vient à Tokyo ?
③ Comment dit-on 《ticket》 en français ?

副詞比較級

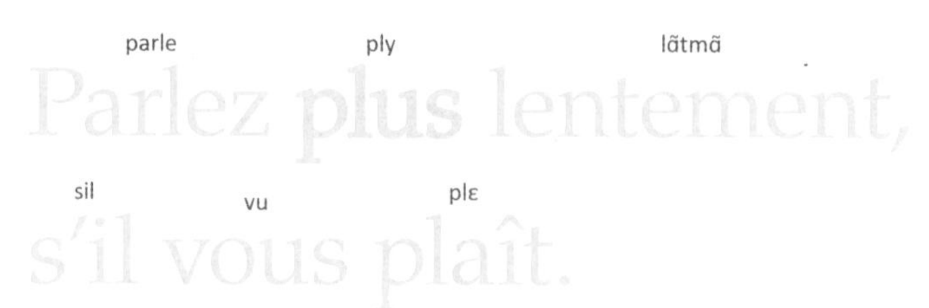

請再說慢一點。

副詞的比較級，是在副詞的前面加上 plus [ply], aussi [osi], moins [mwɛ̃]，後面再加上 que [kə]（qu'）。

副詞不用與單複數陰陽性配合喔！

plus （＋）
aussi （＝） } 副詞 ＋ que（qu'）...
moins（－）

Le [lə] TGV [teʒeve] roule [rul] ______ que [kə] le [lə] Shinkansen [ʃinkɛ̃sen]. TGV跑得比新幹線______。

plus [ply] vite [vit]（較快 較高程度） → （較）快
aussi [osi] vite [vit]（一樣快 同等程度） → 一樣快
moins [mwɛ̃] vite [vit]（較慢 較低程度） → （較）慢

【1】填入適當的語詞。

① 他講話和他父親一樣慢。

Il parle (   ) lentement que son père.

② 你走路比你弟弟快。

Tu marches (   ) vite que ton frère.

③ Marie講話比Louise小聲。

Marie parle (   ) fort que Louise.

【2】將詞語重新排列，寫出正確的句子。

① Paul講話比Pierre慢。

que　plus　Paul　parle　lentement　Pierre

____ .

② 這家旅館比我住的旅館便宜。

cher　Cet hôtel　mon hôtel　moins　que　coûte

____ .

coûter cher是「價格昂貴」的意思。

p.135 解答

【1】① moins ② plus ③ aussi
【2】La tour de Tokyo est plus haute que la tour Eiffel.

伴隨著代名詞的特殊動詞（反身動詞）

ʒə mə kuʃ to

Je me couche tôt.

我很早睡。

法文「睡覺」的說法，是在coucher (kuʃe)「使躺下」這個動詞的前面加上代名詞 se (sə)。

se是代名詞，表示與主詞同樣的人。

主詞 ＋ se coucher

睡覺（＝主詞使主詞躺下之意）

se會跟著主詞變化型態。

ʒə je 我	mə me 使自己	kuʃ couche 躺下	nu nous 我們	nu nous 使自己	kuʃɔ̃ couchons 躺下
ty tu 你	tə te 使自己	kuʃ couches 躺下	vu vous 您（們）	vu vous 使自己	kuʃe couchez 躺下
il il 他	sə se 使自己	kuʃ couche 躺下	il ils 他們	sə se 使自己	kuʃ couchent 躺下
ɛl elle 她們	sə se 使自己	kuʃ couche 躺下	ɛl elles 她們	sə se 使自己	kuʃ couchent 躺下

否定句要將〈代名詞+動詞〉夾在**ne** (nə)與**pas** (pa)中間。

il nə sabij pa a la mɔd

Il **ne** s'habille **pas** à la mode.

他不穿流行的衣服。

se, me, te的後面接的是母音或h開頭的字時，要變成s',m',t' 喔！

單字筆記

sabije
s'habiller 穿衣服

sə makije
se maquiller 化妝

sə rɑze
se raser 刮鬍子

sə revɛje
se réveiller 醒來

【1】填入代名詞se的正確型態。

① Vous (　　　　) réveillez tard !

② Je (　　　　) habille à sept heures.

③ Tu ne (　　　　) rases pas ?

與主詞搭配時，要用什麼型態呢？

【2】將代名詞se與動詞改為正確的型態，
再將詞語重新排列成正確的句子。

① 我們很早睡。
se coucher　Nous　tôt

____.

② Sophie不化妝。
pas　Sophie　se maquiller　ne

____.

是「
」。

p.137 解答

【1】① aussi　② plus　③ moins
【2】① Paul parle plus lentement que Pierre.
　② Cet hôtel coûte moins cher que mon hôtel.

詢問「理由」的疑問詞

MP3 69

Pourquoi apprenez-vous le français ?

purkwa aprəne vu lə frɑ̃sɛ

為什麼您要學法文呢？

pourquoi（purkwa）是詢問「為什麼？」的疑問詞，用 parce que（qu'）（pars kə）「因為～」開頭來作答。

Pourquoi ＋ 動詞 ＋ 主詞 ... ?

＝ Pourquoi **est-ce que（qu'）**＋ 主詞 ＋ 動詞 ... ?

purkwa eme vu sɛt rɔb

Pourquoi aimez-vous cette robe ?

為什麼您喜歡這件洋裝？

pars kɛ lɛ trɛ ʃik

— Parce qu'elle est très chic.

因為很時尚。

purkwa ɛ s kə vu zaprəne lə frɑ̃sɛ

Pourquoi **est-ce que** vous apprenez le français ?

為什麼您要學法文呢？

pars kə ʒə vɛ ɑ̃ frɑ̃s

— Parce que je vais en France.

因為我要去法國。

【1】將詞語重新排列，寫出正確的句子。

① 為什麼你喜歡那個皮包呢？

ce tu Pourquoi aimes- sac

____?

② 因為很可愛啊！

il très Parce qu' joli est

____.

【2】用法文造句

① 為什麼她們要學法文呢？

____

② 因為她們要去法國。

____

，me要變成m'喔。

p.139 解答

【1】① vous ② m' ③ te
【2】① Nous tôt. ② Sophie ne pas.

p.141 解答

【1】① Pourquoi aimes-tu ce sac ? ② Parce qu'il est très joli.
【2】① Pourquoi apprennent-elles le français ?
（Pourquoi est-ce qu'elles apprennent le français ?）
② Parce qu'elles vont en France.

・「陽」代表「陽性名詞」，「陰」代表「陰性名詞」。
・單字後的 ( ) 表示陰性型態或複數形。

A

	詞性	意義
à		到～，在～，（價格）～的
acheter	動	買
adresse	陰	地址
âge	陽	年齡，～歲
agent de police	陽	警官
aimer	動	愛，喜歡
air	陽	空氣
Allemand(e) / allemand(e)	陽・陰	德國人
aller	動	去，（與**bien**連用）非常好， （與動詞原形連用）正好要做～
allô		喂
alphabet	陽	字母
Américain(e) / américain(e)	陽・陰	美國人
américain(e)	形	美國的，美國人的
ami(e)	陽・陰	朋友
amusant(e)	形	有趣的
an	陽	年，（與**avoir**連用）～歲
anglais	陽	英語
Anglais(e) / anglais(e)	陽・陰	英國人
année	陰	年
anniversaire	陽	生日
août	陽	8月
appartement	陽	公寓
apprendre	動	學習
argent	陽	錢
arriver	動	抵達
attendre	動	等待
aujourd'hui		今天
aussi		也～，和～一樣，差不多～
automne	陽	秋天
avec		和～一起
avenue	陰	林蔭大道
avion	陽	飛機，en avion坐飛機
avoir	動	有～，飼養（動物）
avril	陽	4月

B

	詞性	意義
baguette	陰	法式長棍麵包
BD	陰(省略字)	漫畫**bande dessinée**
beau (belle)	形	美麗的，（天氣）好的
bien		好，出色地，非常
bière	陰	啤酒
billet	陽	車票，票券
blanc (blanche)	形	白色的
bleu(e)	形	藍色的
boire	動	喝
boisson	陰	飲料
boîte	陰	箱子
bon(ne)	形	好的，好吃的
bonjour		你好，早安，日安
bonsoir		晚安
Bordeaux		波爾多（法國西南部的城市）
brun(e)	形	咖啡色的
bus	陽	巴士

C

	詞性	意義
ça		那個
ça va		很好
cadeau(x)	陽	禮物
café	陽	咖啡，咖啡廳
cahier	陽	筆記本，簿子
Camembert		卡門貝爾（法國北部村落）

campagne	陰	鄉村
Canadien(ne) / canadien(ne)	陽・陰	加拿大人
carte	陰	卡片
CD	陽(省略字)	CD **disque compact**
ceci		這個
chaise	陰	椅子
chambre	陰	房間，臥室
Champs-Elysées		香榭大道
chance	陰	幸運，運氣，（與**avoir**連用）運氣好
changer	動	轉車
		changer de train 轉電車
		changer de l'argent 兑換外幣，換錢
chanson	陰	歌曲
chanteur (chanteuse)	陽・陰	歌手
chat	陽	貓
chaud	陽	熱，（與**avoir**連用）熱的
chaud(e)	形	熱的
cher (chère)	形	（價錢）貴的
chercher	動	尋找
chez		在～家裡
chic	形	時尚的
chien	陽	狗
Chine	陰	中國
Chinois(e) / chinois(e)	陽・陰	中國人
chocolat	陽	巧克力
choisir	動	選擇
chou(x) à la crème	陽	泡芙
cinéma	陽	電影，電影院
clef	陰	鑰匙
coca	陽	可口可樂
combien		幾個，多少
		combien de(d')... 多少的，le combien 幾月幾日
comme		作為，當作
comment		如何，怎樣
comprendre	動	理解
confiture	陰	果醬
connaitre	動	知道，認識
content(e)	形	滿足的，高興的，喜悅的
couloir	陽	走廊
courage	陽	勇氣
cours	陽	課程
couter	動	花（錢），couter cher 價錢昂貴的
cravate	陰	領帶
crayon	陽	鉛筆
croissant	陽	可頌麵包
cuisine	陰	料理，菜餚
cycle	陽	週期

D

dans		在～裡面
de(d')		從～，～的，關於～
décembre	陽	12月
déjeuner	動	吃午餐
demain		明天
demi(e)	形	一半，et demie （～點）半
depuis		自～以來，自從
désirer	動	想要的，想買的
dessert	陽	點心
devoir	動	必須做～
	陽	作業
difficile	形	困難的
dimanche	陽	（在）星期日

dîner	動	吃晚餐
dire	動	說，講
droite	陰	右，à droite 往右

E

eau	陰	水
école	陰	學校
écouter	動	聽
écrire	動	寫
église	陰	教堂
élève	陽・陰	學生
employé(e)	陽・陰	職員
en		在（地點，方向，方法），用（某種方式）
enchanté(e)	形	幸會，初次見面
encore		又～，更～，（與**ne**…**pas**連用）還沒
enfant	陽・陰	小孩
ensemble		一起
entendre	動	聽見
espagnol	陽	西班牙語
Espagnol(e) / espagnol(e)	陽・陰	西班牙人
essayer	動	試穿
et		然後，和～
États-Unis	陽・複	美國
été	陽	夏天
être	動	是～
étudiant(e)	陽・陰	（大）學生
euro	陽	歐元
examen	陽	考試

F

faim	陰	空腹，（與**avoir**連用）肚子餓
faire	動	做出，製造，以**il fait**的型態出現是指天氣如何
falloir	動	（與**il faut**用）必須做～，需要
famille	陰	家庭
fatigué(e)	形	疲勞的
félicitations		恭喜
femme	陰	女人
fermer	動	關，關閉
fête	陰	節慶，節日
février	陽	2月
film	陽	電影
fils	陽	兒子
finir	動	完成，結束
fleur	陰	花
football	陽	足球
fort		大聲的
français	陽	法語，en français 用法語
Français(e) / français(e)	陽・陰	法國人
français(e)	形	法國的，法國人的
France	陰	法國
frère	陽	兄，弟，兄弟
frigo	陽	冰箱
froid	陽	寒冷，（與**avoir**連用）寒冷的
froid(e)	形	寒冷的
fromage	陽	起士
fruit	陽	水果
fumer	動	吸煙

G

gants	陽・複	手套
garçon	陽	男孩
gare	陰	火車站，la Gare de Lyon （巴黎的）里昂站
gâteau(x)	陽	蛋糕，糕點
gauche	陰	左，à gauche 往左

gilet	陽	背心
gomme	陰	橡皮擦
grand(e)	形	大的，身高高的，年紀大的
gym	陰	體操

H

habiter	動	居住
haut(e)	形	（建築物）高的
heure	陰	～點，～小時，à l'heure 準時的
hier		昨天
hiver	陽	冬天
homme	陽	男人
hôpital	陽	醫院
hôtel	陽	旅館
huile	陰	油

I

ici		在這裡
ile	陰	島嶼
intelligent(e)	形	聰明的
intéressant(e)	形	有趣的
Italien(ne) / italien(ne)	陽・陰	義大利人

J

janvier	陽	1月
Japon	陽	日本
Japonais(e) / japonais(e)	陽・陰	日本人
jardin	陽	庭園，花園
jaune	形	黃色的
jeudi	陽	（在）星期四
jeune	形	年輕的
joli(e)	形	可愛的，漂亮的
jour	陽	日
journaliste	陽・陰	新聞記者
juillet	陽	7月
juin	陽	6月
jupe	陰	裙子
jusqu'à		直到～
juste		剛好

L

là		那裡
lait	陽	牛奶
leçon	陰	課程
légume	陽	蔬菜
lentement		緩慢地
libre	形	空著的
lire	動	閱讀
lit	陽	床
livre	陽	書
Londres	陽	倫敦（英國首都）
lundi	陽	（在）星期一
lunettes	陰・複	眼鏡
Lyon		里昂（法國東南部城市）

M

Madame	陰	（對已婚女性稱呼）～女士，～夫人
Mademoiselle	陰	（對未婚女性稱呼）～小姐
mai	陽	5月
maintenant		現在
maïs	陽	玉米
maison	陰	（獨棟）家，住宅
malade	形	有病的
manger	動	吃
manteau(x)	陽	大衣，外套
marcher	動	行走

mardi	陽	（在）星期二
mars	陽	3月
matin	陽	早晨，上午
mauvais(e)	形	壞的，不好的
médecin	陽・陰	醫生
menu	陽	套餐料理
mer	陰	海
merci		謝謝
mercredi	陽	（在）星期三
mère	陰	母親
métro	陽	地鐵
mode	陰	流行，à la mode 流行的
midi	陽	中午，中午12點
minuit	陽	半夜，凌晨12點
moins		差～分～點，更少，較少
mois	陽	月，～個月
Monsieur	陽	（對男性稱呼）～先生，男人
montagne	陰	山
montre	陰	手錶
mouchoir	陽	手帕
musée	陽	美術館，博物館
musicien(ne)	陽・陰	音樂家
musique	陰	音樂

N

neige	陰	雪
neiger	動	（以 **il neige**的型態）下雪
Nice		尼斯（法國南部的城市）
Noël	陽	耶誕節
noir(e)	形	黑色的
nom	陽	名字
non		不，不是
nouveau (nouvelle)	形	新的
novembre	陽	11月
numéro	陽	號碼

O

occupé(e)	形	忙碌的
octobre	陽	10月
œuf	陽	蛋
oiseau(x)	陽	鳥
ordinateur	陽	電腦
ou		或是
où		在哪裡，去哪裡
oui		是的
ouvert(e)	形	開的

P

pain	陽	麵包
pantalon	陽	長褲
paquet-cadeau	陽	禮品包裝
parc	陽	公園
parce que(qu')		因為，由於
pardon		對不起，不好意思
parents	陽・複	父母
parfum	陽	香水
Paris		巴黎（法國首都）
parler	動	說，講
partir	動	出發
pas		（與**ne**連用）不，沒有
passeport	陽	護照
patience	陰	忍耐，耐心
pâtissier(ère)	陽・陰	糕點師傅
penser	動	（與 **à** 連用）考慮，想

père	陽	父親
petit(e)	形	小的，身高矮的，一點點的
pharmacie	陰	藥局
photo	陰	照片
place	陰	座位，廣場，地方
plaisir	陽	愉快，高興
plat	陽	主菜
pleuvoir	動	（以**il pleut** 的型態）下雨
pluie	陰	雨
plus		（與**ne**連用）不再，更多，更～
poisson	陽	魚
pomme	陰	蘋果
portable	陽	手機
porte	陰	門
porter	動	穿戴，提
pour		為了，往～
pourquoi		為什麼
pouvoir	動	能，會
préférer	動	喜愛～
premier	陽	le premier 1日
premier (première)	形	初次的
prendre	動	拿，搭乘，吃喝，點菜，轉彎（道路）
printemps	陽	春天
prix	陽	價格
prochain(e)	形	最近的，即將到來的
professeur	陽・陰	教師，教授

Q

quand		什麼時候
quart	陽	15分， 4分之1
que(qu')		和～相比，什麼
quel(le)(s)		什麼，誰，多麼，什麼樣的，哪一種的
qui		誰

R

radio	陰	收音機
RATP	陽(省略字)	巴黎大眾運輸公司**Régie autonome des transports parisiens**
regarder	動	看
rentrer	動	回家，回來
restaurant	陽	餐廳
réussir	動	（與 **à** 連用）獲得成功
revue	陰	雜誌
rien		（與**ne**連用）沒有～，什麼也不
riz	陽	飯，米
robe	陰	連身洋裝
rose	形	粉紅色的
	陰	玫瑰花
rouge	形	紅色的
rouler	動	使（交通工具）行走
rue	陰	街道

S

sac	陽	皮包，袋子
saison	陰	季節
salade	陰	生菜沙拉
salut		（俗）你好
samedi	陽	（在）星期日
savoir	動	知道
se coucher	動	睡覺
se maquiller	動	化妝
se raser	動	剃鬍子
se réveiller	動	醒來
semaine	陰	一週
septembre	陽	9月

s'habiller	動	穿衣服
si		（對否定疑問句的肯定答覆）是的
s'il vous plaît		請
SNCF	陰(省略字)	法國國鐵 **Société nationale des chemins de fer français**
sœur	陰	姊，妹，姊妹
soif	陽	渴 （與**avoir**連用）口渴
soir	陽	傍晚，晚上
sortir	動	外出，出門
sous		在～下面
sport	陽	運動
stylo	陽	筆
sur		在～上面
sûr(e)	形	確實的

T

table	陰	桌子
taille	陰	（衣服的）尺寸
tard		晚，遲
taxi	陽	計程車
téléphone	陽	電話
télévision (télé)	陰	電視
temps	陽	時間，天氣
tennis	陽	網球
TGV	陽(省略字)	法國高速火車 **train à grande vitesse**，en TGV 搭乘**TGV**
thé	陽	紅茶，茶
toilettes	陰・複	廁所
tôt		快，迅速
tour	陰	塔，la tour Eiffel 艾菲爾鐵塔
tourner	動	轉彎
tout de suite		馬上
tout droit		筆直地
train	陽	火車，電車，en train 坐火車
travailler	動	工作，唸書
très		很，非常

U

UE	陰(省略字)	歐洲聯盟（**EU**） **Union européenne**
un peu		一點點
utiliser	動	使用

V

valise	陰	行李箱
vélo	陽	腳踏車
vendre	動	賣
vendredi	陽	（在）星期五
venir	動	來（與**de(d')+**動詞原形連用），才剛～
vérité	陰	事實，真理
Versailles		凡爾塞宮
vert(e)	形	綠色的
veste	陰	上衣，外套
viande	陰	肉
vin	陽	酒，葡萄酒
visiter	動	拜訪，參觀
vite		趕快地
voici		這裡有～，這是～
voilà		那裡有～，那是～
voir	動	看見，碰見
voiture	陰	車子
vouloir	動	想做～，想要～

W

week-end	陽	週末

Y

yen	陽	日圓

法文數字一覽表 Les chiffres

1	un / une	[œ̃]/[yn]
2	deux	[dø]
3	trois	[trwa]
4	quatre	[katr]
5	cinq	[sɛ̃k]
6	six	[sis]
7	sept	[sɛt]
8	huit	[ɥit]
9	neuf	[nœf]
10	dix	[dis]
11	onze	[ɔ̃z]
12	douze	[duz]
13	treize	[trɛz]
14	quatorze	[katɔrz]
15	quinze	[kɛ̃z]
16	seize	[sɛz]
17	dix-sept	[disɛt]
18	dix-huit	[dizɥit]
19	dix-neuf	[diznœf]
20	vingt	[vɛ̃]
21	vingt et un / une	[vɛ̃ te œ̃/yn]
22	vingt-deux	[vɛ̃tdø]
23	vingt-trois	[vɛ̃ttrwa]
24	vingt-quatre	[vɛ̃tkatr]
25	vingt-cinq	[vɛ̃tsɛ̃k]
26	vingt-six	[vɛ̃tsis]
27	vingt-sept	[vɛ̃tsɛt]
28	vingt-huit	[vɛ̃tɥit]
29	vingt-neuf	[vɛ̃tnœf]
30	trente	[trɑ̃t]
31	trente et un / une	[trɛ̃ te œ̃/yn]
32	trente-deux	[trɑ̃tdø]
33	trente-trois	[trɑ̃ttrwa]
34	trente-quatre	[trɑ̃tkatr]
35	trente-cinq	[trɑ̃tsɛ̃k]
36	trente-six	[trɑ̃tsis]
37	trente-sept	[trɑ̃tsɛt]
38	trente-huit	[trɑ̃tɥit]
39	trente-neuf	[trɑ̃tnœf]
40	quarante	[karɑ̃t]
41	quarante et un / une	[karɛ̃ te œ̃/yn]
42	quarante-deux	[karɑ̃tdø]
43	quarante-trois	[karɑ̃ttrwa]
44	quarante-quatre	[karɑ̃tkatr]
45	quarante-cinq	[karɑ̃tsɛ̃k]
46	quarante-six	[karɑ̃tsis]
47	quarante-sept	[karɑ̃tsɛt]
48	quarante-huit	[karɑ̃tɥit]
49	quarante-neuf	[karɑ̃tnœf]
50	cinquante	[sɛ̃kɑ̃t]
51	cinquante et un / une	[sɛ̃kɑ̃ te œ̃/yn]
52	cinquante-deux	[sɛ̃kɑ̃tdø]
53	cinquante-trois	[sɛ̃kɑ̃ttrwa]
54	cinquante-quatre	[sɛ̃kɑ̃tkatr]
55	cinquante-cinq	[sɛ̃kɑ̃tsɛ̃k]
56	cinquante-six	[sɛ̃kɑ̃tsis]
57	cinquante-sept	[sɛ̃kɑ̃tsɛt]
58	cinquante-huit	[sɛ̃kɑ̃tɥit]
59	cinquante-neuf	[sɛ̃kɑ̃tnœf]
60	soixante	[swasɑ̃t]
61	soixante et un / une	[swasɑ̃ te œ̃/yn]
62	soixante-deux	[swasɑ̃tdø]
63	soixante-trois	[swasɑ̃ttrwa]
64	soixante-quatre	[swasɑ̃tkatr]
65	soixante-cinq	[swasɑ̃tsɛ̃k]
66	soixante-six	[swasɑ̃tsix]
67	soixante-sept	[swasɑ̃tsɛt]
68	soixante-huit	[swasɑ̃tɥit]
69	soixante-neuf	[swasɑ̃tnœf]
70	soixante-dix	[swasɑ̃tdis]
71	soixante et onze	[swasɑ̃ te ɔ̃z]
72	soixante-douze	[swasɑ̃tduz]
73	soixante-treize	[swasɑ̃ttrɛz]
74	soixante-quatorze	[swasɑ̃tkatɔrz]
75	soixante-quinze	[swasɑ̃tkɛ̃z]
76	soixante-seize	[swasɑ̃tsɛz]
77	soixante-dix-sept	[swasɑ̃tdisɛt]
78	soixante-dix-huit	[swasɑ̃tdizɥit]
79	soixante-dix-neuf	[swasɑ̃tdiznœf]
80	quatre-vingts	[katrvɛ̃]
81	quatre-vingt-un / une	[katrvɛ̃teœ̃/yn]
82	quatre-vingt-deux	[katrvɛ̃dø]
83	quatre-vingt-trois	[katrvɛ̃trwa]
84	quatre-vingt-quatre	[katrvɛ̃katr]
85	quatre-vingt-cinq	[katrvɛ̃sɛ̃k]
86	quatre-vingt-six	[katrvɛ̃sis]
87	quatre-vingt-sept	[katrvɛ̃sɛt]
88	quatre-vingt-huit	[katrvɛ̃tɥit]
89	quatre-vingt-neuf	[katrvɛ̃nœf]
90	quatre-vingt-dix	[katrvɛ̃dis]
91	quatre-vingt-onze	[katrvɛ̃ɔ̃z]
92	quatre-vingt-douze	[katrvɛ̃duz]
93	quatre-vingt-treize	[katrvɛ̃trɛz]
94	quatre-vingt-quatorze	[katrvɛ̃katɔrz]
95	quatre-vingt-quinze	[katrvɛ̃kɛ̃z]
96	quatre-vingt-seize	[katrvɛ̃sɛz]
97	quatre-vingt-dix-sept	[katrvɛ̃disɛt]
98	quatre-vingt-dix-huit	[katrvɛ̃dizɥit]
99	quatre-vingt-dix-neuf	[katrvɛ̃diznœf]
100	cent	[sɑ̃]
1000	mille	[mil]

今天開始學法語：學文法必上的58堂課début! /
大場靜枝, 佐藤淳一, 柴田茉莉子著；陳琇琳譯. -- 二版.
-- 臺北市：笛藤出版圖書有限公司, 2021.02
面；　公分
譯自：FRANCE GO Début
ISBN 978-957-710-809-8(平裝附光碟片)
1.法語 2.語法
804.56　　　110001344

2021年3月12日　初版第1刷　定價340元

著　者	大場靜枝・佐藤淳一・柴田茉莉子
譯　者	陳琇琳
編　輯	林子鈺
封面設計	王舒玗
總編輯	賴巧凌
編輯企畫	笛藤出版
發行所	八方出版股份有限公司
發行人	林建仲
地　址	台北市中山區長安東路二段171號3樓3室
電　話	(02) 2777-3682
傳　真	(02) 2777-3672
總經銷	聯合發行股份有限公司
地　址	新北市新店區寶橋路235巷6弄6號2樓
電　話	(02)2917-8022・(02)2917-8042
製版廠	造極彩色印刷製版股份有限公司
地　址	新北市中和區中山路二段380巷7號1樓
電　話	(02)2240-0333・(02)2248-3904
郵撥帳戶	八方出版股份有限公司
郵撥帳號	19809050

書籍設計 清岡秀哉・織田庸三
寫真提供 橫島朋子・景田純代・橫田安弘・大場英史・柴田茉莉子